魔道具師リゼ、
開業します
～姉の代わりに魔道具を作っていたわたし、倒れたところを氷の公爵さまに保護されました～
くまだ乙夜
Illust.krage
1

アルベルト・キャメリア
王国の第一王子。魔道具に対して強い興味があるようだが……？
フェリルス
ディオールと契約した魔狼の精霊。水と氷を司る。元気いっぱい。
リゼルイーズ・リヴィエール
魔道具師。実家で虐げられていたところをディオールに保護される。おいしいご飯が大好き。

ピエール
ディオールの従者。必要とあらば、ディオールが望むことは何でもこなす。
ディオール・アゾット・ロスピタリエ
通称、氷の公爵さま。氷雪系最強の魔術師。昔、リゼの作った魔道具に救われたことがあるようで……？
アルテミシア・リヴィエール
リゼの姉。昔からリゼに仕事を押し付けてきた。

Contents

魔道具師リゼ、開業します

～姉の代わりに魔道具を作っていたわたし、倒れたところを氷の公爵さまに保護されました～

くまだ乙夜　Illust.krage

イラスト：krage

序章

ああ、またこの夢だ。

――いつか自分のお店を持ってみたい。

わたしの密かな野望は、ときどき夢になって出てくることがあった。

明るい店内で、お客さんたちがわたしの魔道具をワクワクした瞳で眺めている。買ったお客さんは、みんな笑顔になって帰っていく。

欲しい物、目指す理想、叶えたい願い。お店に来る人たちはそれぞれに事情を抱えている。

そんな人たちを応援してあげられるような魔道具師になりたいと、ずっと思っていた。


「――リゼ、リゼ！　いつまで寝ているの？」

早朝に、姉・アルテミシアの金切り声がわたしを叩き起こした。

お店を持つ幸せな夢から覚め、わたしは辛い現実に引き戻される。

「頼んでおいた魔道具、ちゃんと作っておいたんでしょうね？」

姉が美しく整えた眉を吊り上げ、わたしに詰め寄った。

わたしは両手を挙げて、おどおどと返事をする。

「……言われたとおりにできました……でも、少しだけ失敗しちゃって、本当に、少しだけなんですけど」

　最後まで言い終わらないうちに、姉の平手打ちを食らった。

　バチン、と大きな音がして、右頬が熱くなる。姉は何度もわたしの頬を叩き、髪を引っ張ったあと、最後におなかに蹴りを入れてわたしを突き飛ばした。

　せき込み、うずくまるわたしに、姉の冷たい声が降ってくる。

「リゼ、お前、分かってるんでしょうね？　わたくしが玉(たま)の輿(こし)に乗れなかったら、また毎日パンと水だけで暮らす極貧生活に逆戻りなのよ？」

「ほ、本当にごめんなさい……」

　ダメ。泣いたらもっと怒られる。

　ひくひくとしゃくりあげそうになる喉を、わたしは必死で抑えた。

　姉はひと通り魔道具を動かしてから、フンと鼻を鳴らす。

「……ちょっと見ただけでは分からないから、ひとまずこれでいいわ。わたくしが帰る前に、完璧にできるよう、みっちり練習しておきなさい」

「はい……」

　幸い姉は急いでいたようで、それ以上の追及はなかった。

アルテミシアは妹に作らせた魔道具を、さっそく注文した人へと献上しにいった。

アルベルト第一王子は待ちきれなかったようだ。魔道具を受け取り、すぐさま検分を始める。

それは精巧な彫刻の指輪で、身に着けると、さっと赤い蕾の幻影が生まれた。

大輪の椿が花開くと、幻の花はすうっと空気中に溶けて、消えた。

「君の作る魔道具は素晴らしい」

アルベルトは青空の色をした瞳を細めて、ため息をつく。優美な顔に鮮やかな金髪を持つ、絵本の挿絵にぴったりの王子様だ。うっすらと興奮交じりに頬を上気させている姿は、対面のアルテミシアを見惚れさせるに十分だった。

「君が王妃になってくれれば、わが国は魔道具の分野で世界を大きくリードできる」

「王妃だなんて、そんな」

アルテミシアは恥じらい気味にうつむいた。長い銀髪がヴェールのように淡い金の瞳を覆う。

彼女は高慢だが、王子の前では恋心を隠しきれず、しおらしい態度を見せることがよくあった。

「わたくしはただの魔道具店の娘ですわ」

リヴィエール魔道具店。それが実家の屋号だった。一家で魔道具を作り、販売している。

その娘のアルテミシアは、職人——つまり庶民に当たるのだ。

「しかし、君の祖母は元王女じゃないか」

魔道具づくりの才に恵まれていた、変わり者の元王族。

それがアルテミシアの祖母だ。

祖母は周囲の大反対を押し切って出奔し、王女の身分を隠して、リヴィエール魔道具店を始めた。こしらえる魔道具はどれも一級品として名を馳せ——いつしか先王すらも過去の遺恨を忘れ、秘密裡に援助をするほどだったという。

「まあ、そんなことまで調べがついておりましたのね」

「もちろん。私は本気で君を妻に迎えたいと思っているんだよ、アルテミシア……私の月」

アルテミシアはアルベルトが理想とする条件をすべて兼ね備えていた。

申し分のない血筋に、優れた魔道具づくりの腕前。

「魔術師個人の力量に頼る時代はきっと終わる。これからは誰にでも簡単に扱える魔道具が、国の明暗を分けるだろう」

彼は魔道具の技術を何よりも欲していた。

「……しかし、この魔道具、すべて君が作った訳ではないようだね。一部に、別の人間の【魔力紋】が出ている」

【魔力紋】とは、人間が魔力を使うときに生まれる固有のパターンで、ひとりひとりに別の紋様が出ることで知られている。

アルベルトは魔道具に感動する一方で、簡易測定計で、魔道具に残る【魔力紋】の割合を調べることも忘れていなかった。

数値は九割二分ほどを示しており、一部に他者の手が入っていることが窺える。

アルテミシアは後ろめたそうにギクリとした。

「いや、分かっているよ。君の店は家族経営なんだろう？　パーツを分担して製作するのは理に適ったことだ。ほとんどの部分に君の特徴が出ているから、君がメインで作っていることは分かるけど……やはり、結婚を周囲に説得するためには、すべてを君が手掛けた物が欲しい」

「もちろんですわ、アルベルト殿下」

アルテミシアはぎこちなく微笑みを浮かべる。

「すぐにでもお持ちいたします。次は何をお作りいたしましょうか？」

「そうだなあ……次に私が必要とするのは――」

姉は帰ってくるなり、わたしの部屋兼アトリエに来て、メモを投げつけてきた。

「王子からの新しい依頼よ。今度こそ【魔力紋】を痕跡も残さず消して作りなさい。どこからどう見ても、百パーセントわたくしの作品に見せかけるのよ。いい？」

「はい」

「できあがるまで、この部屋から出るんじゃないわよ」

わたしの返事は、常に「はい」だ。

そんなの無理！って、心の中で思っていても。

一般に、魔道具に残る【魔力紋】を見れば、誰が作った物なのかが分かる。

でも、わたしは凄腕の魔道具師だった祖母から教わって、【魔力紋】を人に似せる【贋作づくり】の特技を持っていた。

フェイクは作れる。

でも、完璧な模倣は無理。何度か成功したことがあるけれど、それだけで、ほぼ失敗する。

だからわたしはいつも、九割超えでなんとか納得してもらおうと、姉を説得してきたのだ。

でも、今朝の姉は、ちょっと怖かった。

さんざんぶたれたあとだったから、無理だと言い出す勇気がなくて、結果、安請け合いになってしまっている。

どうしよう。

わたしは半泣きで、ともかく発注のメモを確認した。

それは剣の柄先だった。

【小さな林檎】と呼ばれる装飾で、指示には『特注の細工を施すこと』とある。

彫金するのはシロハヤブサの図案。高貴な鳥で、別名を『王の鳥』という。この国では王子様しか鷹狩りに用いてはいけないことから、アルベルト王子が好んで使っているモチーフだ。

象嵌する半貴石は赤瑪瑙で、地金が金色。赤と金は、どちらも王家の象徴色だった。

見る目のある人は、この装飾を見ただけで、持ち主がアルベルト王子と分かるようになっている。

さらに、ここがこの注文の肝だけど——特別製の魔法機能を持たせることになっていた。

「……うわ……難しすぎ……!?　ど、どうしよう……」

ちゃんと作るなら、軽く見積もっても、三か月以上はかかる。

三か月もこの部屋から出してもらえなかったら……

し、死んじゃう、かも。

わたしは姉から加えられてきた数々の暴行を頭に思い浮かべて、カタカタと震え出した。

「……どうしよう、まだ他の仕事もいっぱい残ってるのに……」

山のように積み上がっている未加工の材料。

これを使えるようにするのも、わたしの仕事だ。

できなければ、今度は父母に叱られる。

耳を塞いでも、父母の怒鳴り声の幻聴は鮮明に聞こえてきた。

——この役立たずが！　仕事もせずブラブラ遊びおって！

——雑用すらろくにできないなんて！　誰に似たんだろうね、ええ!?

姉も怖いけれど、父母に叱られるのも怖かった。

王子からの課題をクリアしても、言いつけられた仕事をこなさなければ、今度は父母から食事を抜きにされてしまう。

「ま、まずは、いつもの物を……」

わたしは姉の依頼をいったん置いておいて、【魔糸紡ぎ(まし)】から取りかかることにした。

【魔糸紡ぎ】は、魔力持ちなら子どもにもできる単純作業だとされている。

わたしも、四歳のころからずっとやらされている。

加工の指示を書いたメモを確認して、わたしは【魔糸紡ぎ】の魔法を始めた。

糸巻きに何回か巻き付けてから、魔法を加速。

——二十倍で、【時間加速(スピードアップ)】。

さらにその魔法を、いくつも重ねがけ。

——二十の魔法を、【多重起動(マルチアクティベート)】する。

空中にたくさんの糸巻きが浮かび上がり、クルクルと高速回転して、紡いだ糸を絡め取っていく。

……このペースで行けば、およそ一時間で魔糸は揃(そろ)う。

大急ぎで染色を……何色が何メートル必要？　織りは？　刺繍(ししゅう)は？

わたしは作業に深く没頭していて、母親が来ていたことに気づかなかった。

「……ゼ、リゼ！」

バチンと強く頬を叩かれ、ハッとする。

「お……かあさま……」

「呼んでるのに無視しやがって、ふざけた子だねえ！」

「ご……ごめんなさい、ちょっと、集中してて……」

わたしは魔道具づくりに没頭しすぎると、周りの物音が聞こえなくなることもあった。

「頼んでいた物はできてるの？」

「はい」

できあがりの箱を母に見せる。山のように入っていた。

「またごちゃごちゃと散らかして……整頓してから渡しにきなさいっていつも言っているでしょう。まったく……」

母親はざっと並べると、怖い顔をひっこめた。

「揃っているわね。今度は言われる前に持ってくるのよ」

「はい」

「いくつになっても雑用しかできないんだから。私があんたくらいの年のときはもうおばあさまの仕事を半分は肩代わりしていたってのにさ」

「すみません、お母様……」

母親はふいに、わたしの机の上にあるメモ書きに目を留めた。

「おやまあ！　また王子から依頼されたの？」

「はい」

「やったじゃない、ちゃんとがんばるのよ？」

「う……でもこれ、ちょっと難しくて……」

「泣きごとでおまんまは食えないよ？　うまく行けば何不自由ない生活が約束されてるんだから、死ぬ気でやること。いいね？」

父母に対する返事も、だいたいは「はい」以外許されない。

だったら、せめてわたしの分担を減らしてほしい、と思ったけれど、そんなことを言おうものなら、殴られるのが常だった。

浮かない顔つきが母の癇に障った模様で、わたしはまた厳しい目に晒される。

「お前は危機感が足りていないようだから、できあがるまでパンと水以外禁止しようか」

「そ、そんな……」

「おいしいおまんまが食べたければ努力することだね」

母親がぴしゃりと言い残して、どこかに消える。

一日や二日でできるものじゃないとは、ついに説明させてもらえなかった。

「うぅっ……いつもの分は終わったから、とにかく王子の依頼品をこなそう……」

わたしはぐずぐずと泣きそうになりながら、魔道具の構造を考えて、紙に書き出していった。

泣いていても、終わらない。手を動かしていれば、いつかできる。

それが父母のありがたい教えだった。

アクセサリーのデザインは得意なので、すぐに決まった。あとはこのとおりに作っていくだけ。

……魔力の波長を、完璧に姉のものと同調させながら。

「無理だよぉ……」

それは天才魔道具師と言われていた祖母にしかできないことなのだ。わたしだって毎回成功させられる訳じゃない。

「練習に時間を取られすぎて、他の仕事も全然進まないし……うっ、うっ、こんな技術、身につけるんじゃなかったぁぁぁ……」

わたしはさめざめと泣きながら、ともかくも鋳型を探してきて、高温炉に火をつけた。

「うっ……うっ……泣きごとを言っていても始まらない、手を動かせばいつかは終わる……うぅっ……」

わたしは呪文のように自分に言い聞かせながら、製作に取りかかった。

作っては【魔力紋】の出来を確認し、失敗を悟って、また一から作り直す。その繰り返し。

幾日間か奮闘したものの、魔道具づくりは難航を極めた。

失敗作を放り投げる。ガラクタの入った箱は、カラーンといい音を立てた。

「できない……【魔力紋】の完全模倣なんて無理だよぅ……」

どれも仕掛けは完璧。

なのに、【魔力紋】の模倣が九割五分以上のものにならない。

作品としては問題ないのだからと、よそに転売しようにも、意匠は王子のための一点物。

あとでリメイクするか、溶かして金属だけ再回収するか……どちらにしろ、現時点では完全なるジャンク品だ。

「せめて作業に集中できればいいのに……」

合間合間に父母から言いつけられる雑用がえぐいぐらいの量なのだ。

わたしは横に積み上げられた未加工の素材をチラリと見て、ため息をついた。

たとえば魔織（ましょく）製のドレスは、一着作るのに、複数の職人がかかりきりで、最低でも一年かかるとされる。

それなのに、一着の儲（もう）けは、庶民がやっと数か月食べていけるだけの金額でしかない。

一年かかるものを、デザインなんかでうまく誤魔化して、手を抜き材料を抜き、四着か五着仕上げて、初めて魔道具師の店は食べていける。

わたしは一年でドレスを百着は作り、並行して他の魔道具も数えきれないくらい作っているけれど、家計は相変わらず火の車だ。

なぜなら、うちの店が稼ぐお金は、すべて姉が使ってしまうから。

魔法学園にかかる授業料。ドレスや宝石、化粧料。移動の馬車と馭者代。

王子の目に留まるほどの貴族令嬢に化けるには、とにかくお金がかかる。

作業を放り出して、母親から差し入れられたパンをもそもそと食べる。

ほんのりと酸味のある黒いパンは、近所のパン屋で一番安くて、ふすまが多い。姉はまずいと言って嫌がるけれど、このふすまに栄養があるので、パンだけの生活をするときにはむしろ白パンよりありがたかった。

塩分は金属を錆びさせる大敵だから、バターはつけられない。それでも、高温炉のそばで軽くあぶれば、香ばしくておいしい。

……ちょっと嘘。

本当は、わたしだって白いパンにありつきたい。毎日食べ放題の姉が羨ましい。

……姉が玉の輿に乗れたら、わたしも何不自由ない暮らしをさせてもらえる約束になっている。

もう少しだけがんばれば、きっとわたしにも白いパン食べ放題の生活が待っているはずなんだ。

がんばろう。

近所の薬草売りのおばあさんが分けてくれた、栄養補助の苦い粉薬を呑み、また製作に戻った。

おいしいパンが食べたい。

おいしいお肉が食べたい。

おいしいケーキが食べたい。

わたしは目の前にニンジンをぶら下げられた馬だった。

わたしだって、何百、何千と魔道具を作ってきた。雑用しかできない程度の実力しかなかったとしても、好きな気持ちは誰にも負けない。

この『好き』を力に代えて、きっとわたしは最高のごはんにありついてみせる。

この間姉が話してくれた、海岸のしょっぱい牧草を食べて育った子牛のステーキを思い浮かべながら、わたしは一心不乱に作業をした。

それから何日経ったのかも覚えていない。寝ているときと食べているとき以外はずっと机で彫金していた。

——完成は唐突だった。

「で……できた……！」

記録してある姉の【魔力紋】と照合。

うん、完全一致。百パーセント。

どこからどう見ても姉が作った物。

わたしは歓声を上げる体力もなかったけれど、心の中では大喜びだった。解放感が半端じゃない。

よれよれとした足取りで、まずは母親のところにそれを持っていった。

「できたの？　ふぅん……」

言われたとおりの品物で、出来栄えは完璧。

なのに、母親はチラリと目に嫌悪感を浮かべた。

「何か食べてもいいですか？　できれば、お肉……」

わたしは本当におなかがすいていたので、嫌な顔をしている母親を無視して聞いた。

すると、母親は姉そっくりの眉を吊り上げた。

「お前、なんだか調子に乗ってないかい？　すごい物を作ったつもりでいるのかもしれないけどねえ、こんな技、贋作師ぐらいにしか使い道はないんだよ」

「はい……そのとおりです」

これは母親の言うとおり、ただ【魔力紋】をそっくりに作るだけの技術だ。

著名な魔道具師が作った物に見せかけて、ニセモノを高く売るための能力で、人に自慢なんかしたら、この店ではニセモノを売ってるのかと思われてしまう。

全然褒められない技能なのは、承知していた。

でも、そんなことはどうでもいいから、お肉！　お肉食べたい！

わたしは真剣にお肉を必要としていたのに、母親は無情だった。

「まだ夕飯までは時間があるんだから、食事はそれまで我慢しなさい。それと、調子に乗った反省もしないといけないから、夕飯はしばらくパンと水だけにするんだよ」

わたしはあまりのショックで、膝から崩れ落ちそうになった。

お肉……お肉が食べたいから、がんばったのに……

わたしは未練がましくグスグスと泣きながら、自分の部屋に戻った。

細々とした加工の仕事がまだまだ残っている。心を殺して、ひたすら素材を処理した。

後日、わたしからの知らせを受け取った姉は、すぐに帰宅してきた。

大きな馬車からまるでお姫様みたいに降りてくる姉だけど、ここの店の娘だなんて、誰が想像するだろう。

姉はみすぼらしいわたしに侮蔑の目を向けた。さっさと魔道具をひったくり、チェックを始める。

言いつけ通りの細工で、特注の魔法機能もちゃんと作動するようにした。

「今度は大丈夫なんでしょうね？」

「ばっちりです。だから何か、食べ物を……お菓子を持っていたらお恵みを……」

「わたくしはお菓子なんて食べないわ。ぶくぶく太ってニキビができるし、砂糖で歯を悪くするもの。わたくしの美しいプロポーションは努力のたまものなのよ。お分かり？」

意識の高い姉はフンとわたしを馬鹿にして、さっさと学園に戻っていった。

わたしはおなかすいたなと思いながら、もそもそと黒いパンを食べて、また父母から言いつけられた雑用に戻った。

早く仕上げないと、また殴られて、パンだけの生活が延長されてしまう。

わたしの思考は、もはや『ぶたれたくない』と『お肉食べたい』に支配されていた。

こういうのを『躾が完了した犬』って言うんだろうなぁと、あとで回想したときに思ったのは内緒の話だ。

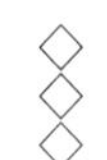

アルベルト王子はアルテミシアが持参した魔道具を、言葉の限りに称賛した。

「素晴らしい……最高の品だよ。このコンパクトな造形の中に、高密度の【魔術式】が、さりげなく組み込まれている……小さな外装によくもこれだけの魔術を……少しの無駄もなく、圧縮されていて……ああ、本当に素晴らしいよ。単純に、アクセサリーとしても美しいね。機能性を損なわずに、美術品としても一級品に仕上げるなんて……」

アルテミシアは、王子の話を適当に聞き流した。

妹と違って、アルテミシアは魔道具に興味がない。

アルテミシアが見たかったのは、喜んでくれるアルベルトの、ひたむきで熱っぽい瞳だった。

尊敬と愛情の入りまじったそのまなざしが、アルテミシアの虚栄心を満たしてくれる。

「これを見せて、今度こそ国王陛下を説得してみせる」

王子からの抱擁を受けて、アルテミシアはにんまりと微笑んだ。

「次世代の王妃は君以外に考えられない」

魔道具が作れなくても、アルテミシアは創意工夫で見目麗しい王子を振り向かせたのだ。その裏で妹がどれほどの苦労をしているかなど知ったことではない。第一、成功には犠牲がつきものだ。
そしてアルテミシアは、野心家だった。

――わたくしが庶民で終わるなんて、あってはならないことよ。成り上がるためなら、どんなことでもやってやるわ。他人を騙して利用し、踏みつけ、壊してやる。

しばらくして、王子アルベルトと、元王女の孫娘アルテミシア・リヴィエールの婚約が大々的に発表された。

姉は急に帰ってきたかと思うと、またわたしに無茶を言った。

「今度の舞踏会で婚約発表をするわ。家族にもぜひ出席してほしいとのことよ。着ていく服はわたくしが指示するわ。ちゃんと作りなさいよね」

「い……いつですか？」

未加工の材料はいっぱいあって、日々増えていく。さらにドレスも用意するとなると、また睡眠時間を削るしかなさそう。

「来週よ」

「ら……来週ですか!?」

「ドレスぐらい、一日で作れるでしょう？　わたくしの分を入れても、たったの二日だわ」

わたしは泣きそうになった。姉から渡されたデザインは、とても凝っていて、一日二日でできるようなものではない。

「も……もう少し簡単なデザインに……」

「ダメよ！　わたくしの家族として招待するのよ。芋くさい貧乏一家だと思われたら一生の恥だわ！　必ずわたくしの考えた最新流行の服を作りなさい！」

いいわね、と念を押す姉に、反論する気力は、なかった。

「ど、どうしよう、どうしようぅぅぅぅ」

デザイン画の細部を見ていたら、涙が出てきた。

クレープ生地の布？　無理死んじゃう。

こんなにたくさんフリルがある服は無理、死んじゃう。

新規デザインのレースなんて一センチ編むだけでも大変なのに概算五メートルも必要なんて、無理死んじゃう。

お……お花模様の刺繍？　しかもこんなに細かく？　何本手が必要なの？　無理死んじゃう。

ブローチとネックレスまで？　無理、これだけで一週間は最低でもかかる。本当に死んじゃう。

姉の恐ろしい形相と、最後の言葉が蘇(よみがえ)る。姉はとんでもないことを言い残していったのだ。

「できなかったら食事を抜きにしてもらうわ」

こ、これ以上ごはんを抜かれたら死んじゃう……！

わたしは必死だった。

何がなんでも完成させないと……！

わたしはデザイン画を見ながら、なんとかして手を抜けるところはないか考えた。

作業を切り詰めに切り詰め、できるところは簡略化とパターン化して繰り返しの【魔術式】を組む。魔力が続く限り、ずっと魔法を使っていた。

わたしは膨大な量の雑用をしてきたので、手抜きのスキルだけはそこそこある。

なんとか間に合って……！

小さな仮眠以外とらずに、ぶっ通しで作業をすること一週間。

婚約式の当日――わたしは目の下にくまを作りながら、辛うじて会場に立っていた。

姉のデザインしたドレスは、モード番長を自分で名乗るだけはあり、周囲の人と似通ったモチーフながらも『おっ』と人目を惹(ひ)く出来栄えで、わたしのような者にも多少の花を添えてくれた。

けど、そんなことはどうでもいい。わたしは解放感でいっぱいだった。

ま、ま、ま、間に合ったあぁぁぁぁぁ！

今日の夕方、ギリギリですべてのセットを揃えたときの感動を忘れない。

これでなんとか殴られずに済む。ごはんも抜かれずに済むんだ……！

わたしはよれよれの身体(からだ)に鞭打(むちう)って、軽食が置いてあるコーナーに近づいていき、スタッフが配るジュースを飲んだ。

お、おいしい……！

お砂糖入りの果汁なんていつぶりだろう。甘くていい匂い……！　きっとこれは桃だよね。桃ジュースおいしい！　カナッペとブルスケッタもおいしい！　舞踏会、最高かも？

わたしはもうゴクゴクとジュースを飲んだ。

——けれど、しばらくパンと水だけの不摂生な生活をしていたわたしに、砂糖たっぷりのジュースはちょっと効きすぎたんだと、あとで冷静になって振り返ると、思う。

夢中で食べているうちに、すごく気持ち悪くなってきた。

な、なにこれ……？　胸のところがモヤモヤして……

わたしが床にうずくまったとき、周囲の人から軽くどよめきが聞こえた。

吐きそう……誰か、助けて……

お姉様……！

すがるように見上げた姉は、汚いものでも見るような目でわたしを見下ろしていた。

隣にいるアルベルト王子が、姉に向かってなにごとかを囁く。

すると姉はわたしにまで聞こえるぐらいの大声を張り上げた。

「わたくしの妹なのですが……少し身なりに構わないところがあるんですの。申し訳ありません」

アルベルト王子がまた何かを言った。姉は再び大声で、周囲に聞かせるように言い放つ。

「平気ですわ。礼儀作法をまるで知らないものですから、ふざけているのでしょう。このような場にふさわしくない妹で、お恥ずかしい限りですわ」

姉は王子の腕を引っ張って、遠くの方に行ってしまった。

わたしは取り残されたことがショックで呆然としていた。

やがて気持ち悪いのが一気に襲ってきて、目の前が真っ暗になる。

「――おい、大丈夫か？」

わたしは吐いてしまったらしい。

そのことをあとで聞かされた。

気づいたら、どこかの薄暗い一室で、豪華なソファに寝かされていた。

「さっさと起きなさい！」

張り手を食らって、一気に目が覚める。

姉は怒りの形相でわたしを見下ろしていた。

「あなた、なんていうことをしてくれたの？　よりによって国王陛下や王妃様も見ている前で吐くなんて！　その場で殺されたって文句は言えない醜態よ!?」

わたしはカタカタと身体が震えた。

「ご……ご……ごめん、なさ……」

「謝って済む問題じゃないのよ。あんな失態二度も起こされたらわたくしは破滅だわ。とっとと家に帰って、二度と宮廷には来ないでちょうだい」

「わ、分かりました……」

立ち上がりかけたわたしの横で、姉が両親にも不満をぶつける。

「お父様とお母様もよ、ちゃんとしてきてって言ったのにそんな格好で来て！　親族だなんて思われたらみっともないから、リゼと一緒に戻ってちょうだい！」

横で聞いていた母親が、さすがに酷いと思ったのか、口を挟む。

「何を言ってるんだい……あたしらのおかげでお前は婚約にこぎつけたんだろう？　お前は魔道具なんてろくに作れないいんだから、もう少し感謝したらどうだい」

「アルベルト殿下は魔道具だけを贔屓にしていたのではないわ！　わたくしの人柄あっての評価なのよ!?　同じ魔道具をリゼが作ったと言っても、王子殿下には見向きもされないわ！　見なさい、この青白い顔！」

ボロボロのわたしをもう一度ひっぱたいて、姉は肩をすくめた。

「馬鹿で泣き虫で魔道具づくりしか能のない妹に仕事を与えてあげてたんだから、感謝してほしいところね」

普段は厳しい母親も、このときだけはちょっとだけわたしに同情的だった。

「アルテ……あんたね、いい加減にしなさいよ。あたしらの代わりはどこにもいないんだよ？　あんたなんて、魔道具がなかったら高慢ちきのスノッブ娘じゃないか」

「わたくしの代わりこそどこにもいないわ！　美しい容姿に話し方に教養、わたくしより王妃にふさわしい女なんていないわよ！」

コンコン、と扉がノックされたのは、そのときだった。

衛兵風の騎士がやってきて、膝をつく。

「ご歓談中に失礼。ベッドの準備が整いましたので、お嬢様をそちらにお運びいたします」

「いいわよ、そんなの！　この子は今からうちに帰すのだもの！」

「しかし、王のお慈悲で医師の診察を受けられるように手筈を整えていただいておりますのでぜひご移動を……」

姉は舌打ちをすると、「なるべく早く帰りなさいよ」と言い残して、出ていった。

……いなくなってくれたおかげか、わたしはようやく呼吸が楽になった。

やっぱり姉は、怖い。そばにいるだけで息ができなくなる。

「あ……あの、わたし、大丈夫です。もう元気になりましたので……ひとりで帰れます」

最後の姉の言いつけを守ろうと、ソファから起きた。

でも、どうしても足がふらついて、また座り込んでしまう。

「お嬢様は少しお疲れになっているだけのようですが、毒などに当たっていては問題ですので、念のため詳しく調べさせていただきます」

衛兵の人はそう言って両親を説得してくれ、わたしは医者の診察を受けられることになった。

わたしは両親をチラリと見上げる。

ふたりは口にこそ出さないけれど、せっかくのパーティをわたしに台無しにされたことをきっと怒っているに違いない。

いつも『迷惑をかけるな』と怒られていたことを思い出し、わたしは怖くてたまらなくなった。

「ご……ごめんなさい、お父様、お母様……わたしは大丈夫だから、パーティに戻って、楽しんでください……」

「もう具合はいいのかい？」

母親がちょっとだけ嬉しそうにしたのを、わたしは聞き逃さなかった。

「はい……ご迷惑をおかけしました。今日は本当に、本当にごめんなさい……」

「……帰るときは気をつけるんだよ」

姉も怖いけれど、両親も怖い。

いなくなってくれたとき、わたしはまたホッとして、涙が出そうになった。

「さあ、お嬢様、手をお貸しいたします」

わたしは泣くのを必死にこらえて、衛兵の人に付き添われながら、違う部屋に移った。

幕間　婚約パーティのディオール

ディオールは王子の婚約パーティで退屈を持て余していた。

相手の娘が庶民で、しかもディオールも名を知っている魔道具店の娘だというので顔を出してみたが、何のことはない。いつも通りのメンツに代わり映えのしない社交。あいさつに来る貴族は思惑があってディオールに近づいてくる。

ディオール・アゾット・ロスピタリエ公爵。実家は代々王家の庇護を受ける錬金術師の一族で、自身も強力な魔術師。さらに十代で公爵位を授かったとなれば、肩書きだけで近寄ってくる貴族は数えきれないほどいる。

ディオールは身分目当てで擦り寄ってくる人間に閉口していたので、早くも帰りたくなっていた。目当ての魔道具店の関係者を捜し歩き、会場をきょろきょろと見回す。

「ほら、あれが例の」

という囁き声に目を転じてみれば、少女がひとりでパーティ会場をフラフラしていた。

年は十二ぐらいだろうか、まだパーティに出席できる年頃ではないように見える。痩せ気味で背が小さく、年齢を考えれば手入れせずとも艶やかなはずの髪や肌は、少々傷んでいる様子だ。姉のアルテミシアほど目鼻立ちが整っている訳ではないが、愛嬌のある顔立ちの女の子なのに、痩せて頬骨が目立っており、印象を台無しにしていた。

――あんな娘もいたのか。

ディオールは意外に思った。彼は日ごろからくだんの魔道具店を贔屓（ひいき）にしており、それなりに店主夫妻とは顔を合わせていたのだ。アルテミシアのことも、顔と名前くらいは知っている。

しかし、妹は今回初めて見た。まだ幼いせいで、店には出てこなかったのだろうか。あのやつれ具合はどうしたのだろう。

リヴィエール店の娘たちは、姉妹揃（そろ）って、豪華な服とアクセサリーを身に着けていた。リヴィエール魔道具店の商品だとひと目で分かる、高級志向でほどよくモードを取り入れたデザインだ。それが妹の哀れを誘う容貌とちぐはぐで、ディオールはどうにも引っかかってならなかった。

――忙しさにかまけて、あまり構われていないのかもしれない。

下層階級からはそうした悲惨な話もちらほら聞こえてくるが、ディオールは生粋の上流階級だ。少女の姿は、痛ましいものにしか見えない。つい目で追いかけていると、少女はおいしそうにジュースを飲み干した。

テーブルに用意してある軽食から、カナッペをつまもうとし、少女は手を止める。手袋を汚してしまうと思ったらしい。少し考えてから、いそいそと手袋を外した。

その手首に、ディオールは目をむいた。

遠目にもはっきり分かるほどの濃い変色がある。日焼けに似ているが、少し違う。

――魔力ヤケの痕だ。

長時間魔術を使うと、炎症を起こすことがある。彼女の独特なヤケ痕は、魔道具の工具類（ツール）をずっと握っていないとできない、凄惨なものだった。

つまりはそれだけ大量に、魔力を使っているということになる。

魔力ヤケを起こし始めたら、危険のサインだ。それ以上魔術の行使を続けると、気力を使い果たして死ぬものも出てくる。そこまで行かなくとも、通常は強い倦怠感にさいなまれて、ろくに身動きもできなくなるはずだ。今どき奴隷だって、あんなに酷使させられることはない。働けないほど衰弱してしまっては元も子もないのだから。

少女はフラフラしているものの、しっかりと飲み食いをしている。それはもう嬉しそうに、がっついていた。まるで三日も物を食べていなかったかのような有様だ。

——まさか、本当に飢えているのではあるまいな。

姉は肌はつやつやとしていて健康そのものだ。実家が困窮してはいないだろう。

ディオールは少女をそれとなく目で追っていたが、そこでいきなり少女の容態が急変した。真っ青な顔でうずくまってしまったのだ。

近くにいた姉が、聞こえよがしに『ふざけているだけだ』と言い放つ。無情にも、その場から離れていくではないか。

どう見ても少女は体調を崩しているが、誰も手を差し伸べる様子がない。王子とその婚約者の振る舞いに逆らってまで手助けしたくはない、ということだろう。

ディオールは見ていられなくなり、少女のところに近寄っていった。

「——おい、大丈夫か？」

少女は食べた物を吐き戻したあと、カーペットの上に倒れてしまった。

周囲が騒然となり、スタッフが駆けつけてくる。彼女の父母も飛んできた。

ディオールはとっさにその場を離れると、両親をくまなく観察し始めた。正装を着込んでいるが、デザインはリヴィエール魔道具店の洗練された物には程遠い。姉妹に比べるとかなり質素で、デザイナーが違うのは一目瞭然だ。彼ら自身はさておき、我が子を優先して着飾らせてやったのだろうか。そうだとすれば、最低限の親心はあるということになる。

彼女の両親は純粋に少女を心配しているかに見えた。

――私の考えすぎか？

あれほどやつれているのは、少女が不摂生な性質だという、姉の申告通りなのだろうか。

様々な憶測を巡らせているうちに、少女は別室へ運ばれていった。

その段になってようやく、アルテミシアがホールを急ぎ足で出ていく。

――せめて医師には見せるべきだが……

姉でさえ具合が悪そうな少女を心配する様子がなかったので、元々健康については頓着しない家族なのかもしれない。

ディオールはどうにも少女の容態が気がかりでならなかった。疑問に思う点も多い。

いっそ直接問いただしてみたい衝動にかられ、ディオールは、事態を玉座から見守っている王のもとへと足早に進み出た。

「陛下、この時間では侍医もご就寝中でございましょう」

ディオールの進言に、国王は物思いから引き戻されたように目を何度か瞬かせた。

「ん——ああ。そうさな、医者に見せてやらねばならんか。おい、誰ぞある」

「幸い私にもいくばくか医学の心得がございますゆえ、ご下命いただければ診察してまいりますが、いかがいたしましょうか」

「ふむ……そなたに見せれば安泰であるな。あいすまぬが、頼まれてくれるか？」

「しかと承りました」

医師の立場からなら、詳しい事情にも踏み込んで聞ける。

ディオールは近くの衛兵を捕まえて、道案内を命じたのだった。

第一章 ◇ リゼ、一夜にしてお金持ちのお嬢様になる（大きいわんこもいるよ！）

離宮は、魔術禁止の結界が張ってある王宮と違って、医療用魔術が使用可能だ。

わたしが連れてこられたのも、その区画だった。

医師の診察が受けられるということで待っていたけれど、やってきたのは魔術師のマントを身に着けた男の人だった。

すごい魔術師はなんとなく気配で分かる。周りの空気が魔力でキラキラして見えるから。

その人は、髪の毛も紫色に染まってしまうほどの、強いオーラを出していた。

なんだかすごそうな人だけど、お医者さんには見えない。

その人はベッドに横たわるわたしを見るなり、険しい顔つきになった。

うっ、すごく睨んでる。怖い人なのかなぁ。嫌だなぁ。

彼はベッドサイドに来るなり、わたしの腕をつかんできた。

勝手に長手袋をずるりと引き下げ、手首を露わにする。

それから犯人を詰問するように、言った。

「……この魔力ヤケはなんだ？」

おっかない顔つきにビクつきつつ、わたしはおそるおそる聞き返す。

「魔力……ヤケ……？」

「知らんのか？　手のひらの付け根に【魔力紋】のヤケがある。これは長時間魔道具の工具類(ツール)に触れていないとできない、剣だこやペンだこのようなものだ」

確かに、わたしの手首、ちょっと変色してるんだよね。日焼けかなって思ってた。

「こんな無茶をしていると、君、いずれ死ぬぞ」

ええっ!?

わたしはビクつきつつ、手を握ったり開いたりしてみた。

特に痛みはないし、手も自由に動く。

「でもこれ、小さいころからずっとあります……」

「なんだと!?」

魔術師は呆(あき)れたとでもいうように、自分の髪をくしゃりと握りつぶした。

「……よく生きてるな」

「そ……そんなにまずいんですか？　魔力ヤケがあると」

魔術師は不機嫌そうなしかめっ面で、重々しくうなずく。

「忠告する。今すぐ魔道具づくりをやめて、一か月は療養しろ」

かなり威圧的に言われて、わたしは心臓がどきどきしてきた。

怖くて反論できない。でも、そんなに休んでいたら、お店が大変なことになって、わたしは父母に手酷(てひど)く折檻(せっかん)される。

初めて会ったばかりの魔術師にそんなことを言うのも気が引けて、わたしは口ごもることになった。

「君はリヴィエール魔道具店の娘さんだと聞いた」

「は……はい。リゼです」

「リゼ」

彼は、覚えたぞ、とでもいうように、わたしの名前をつぶやいて、ぎろりとわたしを睨んだ。

指名手配犯になった気分。

「リゼ。君の店はいい物を作る。君も焦らずに長く続けていればきっと将来名のある職人になるだろう。つまらないことで才能を無駄にするな。命を大事にしろ」

「は、はい」

恐ろしい目つきの圧力に押されて、わたしは反射的にそう返事をした。わたしは昔から、命令してくる人に弱い。父母や姉がよく叩くタイプだったからか、逆らったら何をされるか分からないと身構えてしまうのだ。

この人いったい何なんだろう……怖い。はやくどっかに行ってほしい。お医者様はまだなのかな。

ぎゅっと身を縮めているわたしに、魔術師はペンダントを見せてきた。

先端に大きめの平たい魔石がついている。

「これは私の宝物だ。八年前、魔術を習いたてのころに、君の店で作ってもらった」

透明度や魔力の波長からして、純度百パーセントの魔力から生み出された、【純魔石】で間違いない。

魔術師はイメージで魔術を使う。

どれだけ明確なヴィジョンを思い浮かべるかが、成功の秘訣になる。

純度の高い魔石に触れると魔術の練度が格段に上がるのはそのためだ。

だから、集中の核として、魔石の入った杖やアクセサリーが使われる。

でもこれ、どこかで見たことあるような……？

「この品質の物を生み出せる職人は、うちの国だと君の店にしかいないらしい。そんな店で下積みができるのは本当に素晴らしいことで――」

「あっ……これ、わたしが作った物……ですね」

魔石の丸カンの装飾に隠れている、小さなサインを確認して、ほら見て、と魔術師に差し出す。

「ここにサインが……父のサインの最後に、リゼの頭文字を付け足した物がわたしの作った物なんです。【魔力紋】とサインを父に似せて作っているので、わたしの痕跡はこの頭文字にしかないんですが……」

嬉しくなって、つい早口で説明するわたし。だって、魔道具を面と向かって褒めてもらえることって、あんまりない。しかも、宝物だなんて言われたら、職人は喜ぶに決まってる。

魔石は大分使い込まれているようで、表面が曇ってきている。

「今度、お店に持ってきてください。綺麗に磨いて、新品同様にしてお返ししますよ」

若干の営業トークも交える。お客様は神様だ。

魔術師はとても驚いていた。

「証拠はあるのか？　君が作ったという」

「同一品でよければ、すぐに作れますよ」

「このクオリティの物を、すぐに？　冗談はよせ」

【純魔石】は、周囲から魔力を汲（く）み出して固めるだけなので、特に専用の道具や設備は必要ない。

わたしの魔法ひとつで取り出せる。

【結晶化（マテリアライズ）】

次の瞬間には、麦の粒くらいの魔石がわたしの手のひらに載っていた。

色は、魔術師の影響を受けたせいで紫に染まってしまったけれど、これもれっきとした【純魔石】だ。

男の人は目を限界まで見開いている。

「大量生産しているので、そこまですごい物では……」

「はあ!?　大量生産!?」

「国内だけじゃなくて、よその国にも出しているみたいですよ」

「そんなにもか……」

これから魔術を習う人に贈る品物として、魔石は大人気だ。純度が高い物から、別の素材と混ぜておしゃれにした物、色や形、アクセサリーの装飾で、選択肢は無限にある。

でも、純度の高い魔石の真価は、燃料としての用途にあった。

魔術を使うときに足りない魔力を補ってくれる他、魔道具を動かすのにも使われるのだ。

目に見えない様々な場面で魔石は使われていて、わたしたちの暮らしを支えている。

魔術師は改めて、不躾にわたしをじろじろと上から下まで見つめた。

「……凄腕の魔道具師には見えないが」

「大した腕ではないです。でも、祖母から直々に教わったので、珍しい技をいくつか使えます。ご存じないかもしれませんが、わたしの祖母はとても有名な魔道具師だったんです」

「いや……知っている。伝説的な方だからな」

祖母の名前を出したことで、いよいよ彼もわたしが製作者だと納得してくれたみたいだった。

「この石にはどれだけ助けられたか分からない」

いつの間にか、魔術師は怖い顔じゃなくなっていた。

微笑むと、地顔のよさが出て、あ、カッコいい人だったんだな、と分かる。

「君は私の恩人だ。ならば、恩返しはしなければならないな……」

「いえ、恩返しだなんてそんな、わっ、わたしとしては、愛用してくれていただけで、とっても嬉しいですので……」

「リゼ。君、いつもは何を食べている?」

え？　と、わたしは聞き返してしまった。

「毎朝食べる物は何だ?」

「え、えっと……黒いパン……です」

そんなこと聞いてどうするんだろうと思っているわたしに、魔術師がたたみかける。

「朝起きるのは何時？」

「日の出の前に……」

「夜寝るのは？」

「日付が変わったら寝るようにしています」

彼は呆れたような冷たい目つきでわたしを見ている。

「……私はときどき仕事で、違法奴隷を保護することがあるんだが」

「は、はい」

職人の世界には奴隷がつきものだけれど、可哀想だと貴族から叱られることがあるので、うちでも奴隷は使っていない。

「君はその奴隷たちにそっくりだ。なぜなんだ？　リヴィエール魔道具店といえば一点物の高級ジュエリー魔道具も取り扱う人気店だろう。リゼ、なぜ君は限界まで魔術を使わされている？」

魔術師の声のトーンがどんどん鋭くなっていく。

わ、わたし、怒られてるの？　怖い……

殴られたらどうしよう？

わたしがぎゅっと目をつぶって、肩をすぼめていたら、彼は少し言葉の調子を優しくしてくれた。

「正直に答えてくれ。私は君の家族を疑っている」

「家族が何か……？」

「今日は君の姉の婚約パーティだ。姉を王子に嫁がせられるほど裕福な魔道具店が、一方で妹に満足な食事も与えないのか？」

「魔法学園は、とにかくお金がかかりますから……うちみたいな小規模のお店だと、みんなで働かないとやっていけないんです」

「馬鹿を言うな。【純魔石】を大量生産できるのに、小規模だと？」

「お……お金のことは、よく分かりません。でも、わたしも、父母も、ずっと働いています。怠けてなんていないけど、お金はないんです」

魔術師が何に怒っているのかが分からないので、わたしはやみくもに弁明する。

「だから、両親も、姉に希望を見出してるんです。姉が玉の輿に乗れば、働きづめの生活からも解放されるかも、って……だから……役割分担なんです。わたしは魔道具を作って、姉が社交界に売り込む役目で、両親も応援してて……今日、やっと姉が婚約して、これから暮らし向きがよくなるところだったんです」

魔術師はくっきりと深いしわを眉間に寄せて、深刻な顔で首を振った。

「君は騙されている」

「え……？」

「言っても分からんか。分からんだろうな。洗脳された人間には何を言っても無駄だ」

魔術師はどこか小馬鹿にするように、フーッとため息をついた。

わたしは悲しくなる。

どうしてこの人はずっと怒っていて、わたしの言うことを否定するのかなぁ。

彼はむっつりと不機嫌な顔で、言う。

「君は今日からうちが預かる。もう家に帰らなくていい」

「え……？」

「私はロスピタリエ公爵のディオールだ」

「こっ……!?」

にわとりみたいな声が出た。

うちの店の常連だ。

錬金術の名家のご子息で、まれに見る天才魔術師。まだ十代にもかかわらず、戦争で大きな功績を立てたので、国王から直々にロスピタリエ公爵に叙せられた。この国で知らない者はいないほどの有名人だ。

彼が公爵になってからは、いろんな物の注文をうちの魔道具店で受けて、作った。馬具から魔術用の儀式用品まで、ほとんどうちの作品だったはず。

「あ……あなたが、ロスピタリエ公爵……」

「そうだ。そして君も今日からロスピタリエ公爵家の一員になる」

「えっ……ええっ……!?」

「これは命令だ。違反すると――」

「い、違反、すると……？」

「死刑になる」

怖すぎ!?

母親の怒声が蘇る。

――いいかい、十代で公爵位を賜る、というのがどれほど異例なことか、よく考えて作るんだよ。もしも紋章旗の様式などが間違っていて『新参者はこれだから』とロスピタリエ公爵が後ろ指さされるようなことになったら、全部うちの店の責任なんだよ、肝に銘じときな!

わたしは震えあがった。

こ、公爵さまってそんなにすごい人なの?

なんで公爵さまがわたしを家に?

失敗作の文句を言われるの?

「ご……ごめんなさい……」

わたしはパニックを起こしかけていた。

「許してください、ごめんなさい……」

「謝罪は求めていない。どうした?」

「……なさい、ごめんなさい……」

「……リゼ?」

公爵さまがわたしに向かって手を伸ばす。

また殴られるのかと思って、わたしは反射的にビクついた。

怖い、もう嫌、おうちに帰りたい!

「リゼ、リゼ!?　おい……」

公爵さまの声が遠くなっていく。

わたしはみっともなく取り乱して、もう一度気を失った。

どこからともなく漂ういい匂いで、わたしは目が覚めた。

とたんに、おなかがぎゅるぎゅると鳴る。

この香りは……バター！

飢えているせいか、わたしは食べ物の匂いに敏感だった。

がばっと跳ね起きたら、隣に陶器の器を持った男の子がいた。

綺麗に整った童顔いっぱいにニコニコしていて、全然怖そうな感じはしない。

「奥様、おはようございます」

男の子はサイドテーブルの天板を引き出して、わたしの前に湯気の立つ鍋を置いてくれた。

「卵とささみのスープでございます。パンにおつけになるのはジャムになさいますか、それともバターになさいますか」

それって、わたしに聞いてるの？

わたしが戸惑っていると、男の子は「では」と言いながら、パンを取った。

「ご希望がなければ、僕にお任せくださいませ」

男の子はナイフで白いパンをすらりと切り分ける。

ふわっふわの白いパン……！

温かい器の中で半分溶けているバターをすくって、パンにぬりぬり。

う、うわあ、いい匂い……！

香ばしくなるよう暖炉であぶって、軽い焼き目をつけてから、わたしにくれた。

「こ、こここ、これ、どうして」

「ディオール様からのご命令でございます。『しっかり食べるように』との仰せでした。なお、違反した場合は――」

「い、違反した場合は!?」

「死罪にすると」

公爵こっわ!!!

わたしはガタガタと震えながら、置かれたパンにごくりと唾をのんだ。

ああ……すごくいい匂いがする。香ばしい焼きたてパンにとろけたバターの甘い香り……

「た、食べて、いいんですか？　あ、あとで法外な料金取られたりしませんか？」

「お代はいただきません」

「じゃ、じゃあ、違うものを取られる!?」

「いえ、そうではなく……ああ、そういえば奥様のご実家はご商売をなさっているとか」

「は、はい、魔道具師のお店をやっています」

「では、あえてこう申し上げましょう」

男の子はわたしの耳元に口を寄せて、そっと、甘く囁いた。

「どれだけ食べても、全部無料でございます」

庶民育ちのわたしは食べ放題に弱かった。

わたしは目の前のパンをつかんで、口の中に突っ込んだ。勢い任せに大口で噛みちぎる。

とろとろにとろけるバターの豊潤な香りが炸裂して、わたしに火がついた。

バターつきのパン！

半年ぶりくらいかも!?

おいしい、おいしい、おいしいよぅ！

わたしはパンだけで五切れも食べてから、スープの脇に置かれているスプーンを手に取った。

おっ……おいしい！

久しぶりのお肉！　おいしい！

優しい味わいのスープを一滴残らず飲み干して、わたしはおなかいっぱいになった。

「お粗末様でございました」

お鍋を下げようとする男の子に、「あ、あの！」と、思い切って声をかける。

「ここはどこですか？」

「ここはロスピタリエ公爵の館。当主のディオール様が一番長くご滞在になる本邸でございます」

男の子は綺麗なお辞儀をしてくれた。

「僕はピエールと申します。当館には女性の使用人がほとんどいないため、急きょ僕が奥様の身の回りのお世話をするよう仰せつかりました。月末にはご実家の方から、奥様にお仕えするにふさわしい、若く躾の行き届いた娘がひとり派遣されてくる予定ですので、ごく短い期間ではございますが、どうぞご懇意に」

な、何が何……？　上流階級の言葉すぎて、全然分からない……

わたしが何にも分かってないことを、男の子は雰囲気で感じ取ったのか、もう一回口を開く。

「ディオール様のおうちです」

「あ、はい」

「僕はディオール様の従者のピエールです」

「な、なるほど……？」

「そしてしばらくは、奥様のお世話をさせていただきます」

「お、奥様って……わたしいぃぃぃぃぃ!?」

ピエールくんは、はしっこそうな瞳を細めて、何かを思案しているようだった。

「……お若いお嬢様に奥様は失礼にも聞こえてしまいますね。では、僭越ながら――」

にこりと微笑むピエールくんは、絵画に描かれた天使みたいだった。

「――ご主人様と」

わたしはビクゥッとなった。

こんないたいけな可愛い顔した男の子に、ご主人様なんて呼ばれたくない。すごく悪いことをしている気分になる。

「リゼです!! わたし、リゼルイーズって言います！ でもみんなわたしのことリゼって呼んでくれているので！」

わたしは必死に身振り手振りも交えて困ることを示した。

「では、リゼ様。昼食は食堂にいらっしゃいますか、それともこちらまでお持ちしましょうか？」

「ま、また食べさせてくれるんですか……？」

「はい。ディオール様のご命令で、『とにかく食べさせて寝かしつけろ。それ以外のことをさせるな』とのことで。違反すれば」

「死刑はやめてください！」

「ご理解が早くて何よりです」

ピエールくんは「のちほどお食事をお届けに参ります」とさわやかに言い残し、去っていった。

わたしはどっと疲れが押し寄せてきて、ベッドに倒れ込む。

なにごと……何が起きているの……？

悪い夢なら覚めてほしいと真剣に願った。

ああ……でも、このベッド、ふっかふかだなぁ……

ここのところずっとドレスを作ってたから、全然寝てないんだよね。

わたしは一瞬で眠ってしまった。

——次にわたしが目覚めると、外は薄暗くなっていた。お昼ごはんの時間はとうに過ぎてしまったみたい。

こんなに寝たの、久しぶり。

ぼんやりしていたら、とてもタイミングよくスルリと扉からピエールくんが入ってきた。

「ああ、ちょうどよかった。お目覚めのご様子ですね。本日の夕食はカレギス子牛のステーキでございます。海岸の牧場は潮風の影響で草がほんのり塩を含んでおり、それを餌にして育つ牛は肉が味わい深いと言われておりまして」

「食べたいです！」

勢いで言ってしまってから、ハッとする。

「あ、あの……お、お金、わたし、持ってませんけど……」

「ゲストからディナーの料金を徴収する貴族はあまり聞いたことがありませんね」

「で、で、でも、わたし、こんな立派なおうちに泊めてもらって、パンとスープまで出してもらって……」

その上ステーキまでタダでご馳走(ちそう)になっていいのかなぁ。

父母に叱られるかもしれない。

また叩かれるかもしれないと想像したら、身が竦(すく)んだ。

せめて何か手伝うべきかな？

「あ、あの……わたし、お野菜の皮むきとか、できますよ」

「リゼ様」

ピエールくんがそっとわたしの手に触った。

ビクリとするわたしに、ふるふると首を振ってみせる。

「残念ながら野菜の皮むきはご主人様から許可されておりません。リゼ様に許されているのは、食べることと眠ること、それだけでございます。もちろん違反すれば」

「や、野菜の皮むいても死刑なんですか!?」

「大変申し訳ありませんが、さようでございます。どうか余計なことは考えず、任務をまっとうして、ディオール様からの次のご命令をお待ちください」

ピエールくんはわたしに替えの服を渡すと、『一時間後に呼びに来ます』と言って、出ていった。

……着替えはしても死刑にならないのかなぁ？

わたしはビクビクしながら、素敵なワンピースや下着や靴下をしばらく眺めていた。

そのころすでに、ロスピタリエ公爵邸の使用人フロアは、テーブルをひっくり返したような騒ぎになっていた。
当主が女の子を連れて帰ってきたのである。
——まさか。旦那様が？　女の子を？

ロスピタリエ公爵邸の主人は、圧倒的な功績で異例の出世を遂げた『時の人』で、まだ若く、妻子がいない。

そんな人物が社交界でモテないはずがなく、毎月、山のように招待状やら贈り物やらが適齢期のご令嬢がいる貴族のご家庭から送られてくる。

その一切を切り捨ててきた、『あの』ご主人が、女の子を連れてきた。

「女の子、なんか気を失ってた」

「うっそ、事後!?」

「気になる!」

使用人たちの噂話（うわさばなし）は、ピエールが休憩部屋に戻ってきたことでさらなる盛り上がりを見せる。

「ピエール、どうだった?」

「例の女の子を見たんだろう?」

「見ました。ですが……」

ピエールは言葉を濁らせた。痛々しい姿がまだまぶたの裏に焼き付いている。

綺麗なドレスを着ているのに、手の爪はボロボロで、手には無数の魔力ヤケがあった。

ピエールにはすぐにピンときた。

きっとこの子は不幸な生まれで、魔力が人より多かったばかりに、重労働を課せられていたのだろう——と。下町には、ときどきそういう魔術師未満の雑用奴隷がいる。

あの様子を見たら、冗談でもディオールを冷やかすことなどできない。ピエールが彼の立場だったとしても、彼女を保護しただろう。

しかもあの子は――

バターつきのパンを大喜びで食べたのだ。

ただの、バターと、白いパンを。

思い出すだけで胸が張り裂けそうだ。

「でも将来の奥様かもしれないんだろ？」

「気が強い人だったらやだなぁ」

「旦那様二号みたいな人だったらやだよね」

めいめい勝手なことをのたまう使用人たちに、ピエールはぴしゃりと言ってやる。

「手に重度の魔力ヤケがある女の子です。死にかけていたところをご主人様が保護なさったものと思われます」

お喋りだった使用人たちが一瞬で静まり返った。

偏屈当主の愛とか恋を期待していた彼らには、重すぎる情報だった。

「突然環境が変わって酷く怯えているようでしたので、刺激しないようにしてください」

「あぁ、拾いたての子猫みたいなもんか」

「おい！」

ふざけている場合かよ、と別の使用人も憤る。

「マジで馬鹿にすんなよ、魔力ヤケって辛いんだぜ」

「よく生きてたな……」

「なあ。無事でよかったよ」

「早くよくなるといいな」

「そうだ、俺が持ってるビー玉あげたら喜ぶかな？」

「ばっか、困るに決まってるだろ」

「でも子猫って転がる物好きじゃん」

「女の子だぞ」

めいめい勝手なことを言っている使用人たちの輪から、ピエールはそっと抜け出した。これから厨房（ちゅうぼう）に行って、リゼの特別メニューを注文しなくてはならない。

ピエールが責任を持ってリゼを健康にしてあげなければという、強い使命感にかられていた。

夕食の最終確認で厨房と食堂を行き来するうちに、ばったりディオールと出くわす。

「リゼはどうだった？　食堂には出てこられそうか？」

「平気そうです。しかし、しきりと恐縮なさっていました。野菜の皮むきくらいは手伝えるとおっしゃっておりましたが」

生真面目なディオールは、「なんだそれは」と言って眉間にしわを寄せた。

「どうもご商売の感覚が身に染みついているようで、働きもしないのに食べさせてもらっているという状況に罪悪感があるようでした」

「なるほど。仕事が必要か」

「はい」

ピエールのご主人様は、あまり愛想がよくないが、察しは悪くないのだった。

「ありがとう。下がっていい」

ピエールは軽くお辞儀をして、急ぎの用事に戻った。

一時間後、わたしはピエールくんに連れられて、食堂に来た。

公爵さまが着席して待っていたので、わたしは硬直してしまった。

……会話しても死刑とか言われないよね？

「リゼ。昨日はよく眠れたか」

わたしは怯えながら、うなずいた。

「それでいい。いずれ家族が君に『帰ってこい』と言うかもしれないが、すべて無視して、私の指示を待て。分かったな？」

わたしは父母のことを今更思い出して、青くなった。

そういえばわたし、お店に残してきた仕事全部放（ほ）ったらかしだ。ここでサボっておいしいものばっかり食べてるって両親が知ったら、怒るかも。

「返事は？」

「は、はい」

公爵さまは少し不機嫌そうに目を細めた。

「これからは私の言うことが絶対だ。君の家族といえども、私の指示より優先してはならない」

「そ、そんな」

暴君みたいなこと言ってる！

わたしの小さな反発心が伝わってしまったのか、公爵さまはさらに怖い顔になった。

「口答えも許さない。私の命令が聞けなければ、重い処分を下す」

「は、ははははいっ！」

「分かったら、食べていい」

わたしの席に、分厚いステーキが運ばれてきた。

うぅっ……公爵さまは怖いけど、お肉は食べたい。

わたしは食欲に負けて、すかさず一口放り込んだ。

「～～～～～っ！」

なにこれ、こんなに柔らかい牛肉初めて！

夢中で食べるわたしを、正面から公爵さまがじっと見てる。

「うまいか？」

「すっごくっ！」

「そうか。満腹になるまで食え」

思わず視線を合わせて、公爵さまをじっと見つめ返してしまった。

この人、すっごく高圧的で嫌な態度だけど、いい人なのでは……？

だって、こんなにおいしいものを食べさせてくれる人、わたしの周りにはいなかった。

「あ……ありがとうございます……」

自分から話しかけたりして、噛みつかれたらどうしよう。

野生生物に手を伸ばすような気持ちでおどおどとお礼を言うと、公爵さまはつまらなそうな顔で「気にするな」と返事をし、自分の食事に戻った。

公爵さまは冷たいけど、とりあえず噛みつくタイプではなさそう。

公爵さまを野生生物に見立てていたせいか、唐突に、

「犬は嫌いか？」

と言われたときは、またビクリとしてしまった。

「え……？」

「大型の犬に苦手意識はないかと聞いている」

「い、いえ、動物はだいたいどれも好きです……か、噛まれなければ、ですけど」

「噛みはしないが、少々やんちゃなのが一匹いる」

「ほ、本当ですか!?」

うわあ、見たい！　大きいわんこ、実家じゃ飼えなかったけど、実は好きなんだよね。

「ふむ。では、君に仕事を与えよう。食べた分の費用分ぐらいは働いてもらわないとな」

「は、はい。もちろんです」

おいしいおまんまが食いたきゃ働きな、というのが母の口癖だったから、わたしは一も二もなくうなずいた。

「明日からうちのフェリルスの散歩係に任命する。これがかなりの暴れん坊でな。散歩させるのも一苦労なんだ。毎日の遊びと運動をしっかりしてやってくれ」

「は……はい！」

よかった、とわたしは胸を撫で下ろした。ちょうど、何かお礼をしたいと思っていたところだったんだよね。

仕事をもらえると決まってからは、むしろいい気分で食事も進んだ。

ご馳走のあとはのんびりお部屋で休ませてもらい、満腹感を心ゆくまで楽しんだ。

ああ、おいしいものをおなかいっぱい食べたのは、いつ以来だろう。幸せすぎて怖い。

夜はまた、ロスピタリエ公爵邸のふかふかベッドで眠らせてもらうことになった。

この羽毛布団軽くて暖かくて最高だから、嬉しいことは嬉しいんだけど、本当に泊めてもらっちゃっていいのかなぁ。

不安に思いながら寝付いたので、眠りがちょっと浅かったらしい。わたしは次の日の朝早く、バフバフと激しく鳴く犬の声に起こされた。

廊下から会話が漏れ聞こえてくる。

『リゼ様はまだお休み中で――』

『まぁぁぁだ寝ているのか？　俺の楽しい散歩タイムはもうとっくに始まっているというのにっ！』

わたしはぱっちりと目が覚める。

そうだった。昨日、公爵さまから新しいお仕事を言いつけられたんだ。

大急ぎでスリッパをつっかけて、ドアを勢いよく開け放つ。

「ごっ、ごめんなさい、寝坊してしまいました！」

ピエールくんがわたしをぱっと振り返り、慌てた顔になった。

「リゼ様！　申し訳ありません、このバカ犬が弁えもせず大声で――」

「バカ犬とはなんだバカ犬とは!?」

立派なモフモフの胸毛を大きく反らし、大きなわんこは仁王立ち……仁王座り？　とにかく、両手両足を床についてふんぞり返った。

「俺はご主人様の契約精霊！　ご主人様の最愛のペットにして魔狼の眷属、フェリルスだっ!!」

「――このように声も態度もデカいバカ犬なんです」

「バカではなぁぁぁいっ！　魔狼は強く賢く、すばやいのだっ！」

グルルルッと低く唸って威嚇する大きなわんちゃん。

ピエールくんはにこりと可愛く微笑んだ。

「リゼ様、バカ犬に構わず、ごゆっくりお休みになってくださいね。散歩など三日後でも一週間後でも全然構いませんので」

「いっ、いえっ、ちゃんと目が覚めたので、お役目まっとうさせていただきますっ！」

「貴様が俺の散歩係に任命されたとかいう小娘か」

フェリルスさんがぎらりとした肉食獣の瞳をこちらに向けてくる。

直後に、フーッとバカにするように鼻から息を吐いた。

「貴様、俺のご主人様を仕留めたというからどんな豪傑かと思えば、ひょろひょろのぱやぱやではないかっ！」

「えええええっ!?」

「申し訳ありません。バカ犬の脳で一生懸命リゼ様のお立場を理解しようとしたのですが、難しかったようで、そのような珍答に至ってしまいました」

「珍答ではなぁぁぁいっ！　オオカミの世界では強い者こそが群れを率いる！　リーダーの番はやはり強くあらねばならん！」

「まともに取り合わないでくださいませ。バカが移りますから」

「とにかくっ！　貴様ごときひょろひょろの小娘に、俺のリードが握れると思うなよっ!!」

「フェリルス」

ピエールくんの声のトーンがものすごく低くなった。

「……ディオール様に態度が悪いと報告されたいですか？」

フェリルスさんはハッハッハッと無言で呼吸を繰り返したあと——

急に尻尾をぶんぶん振り始めた。

うるうるのおめめでわたしを見つめる大きいわんちゃん。

うっ、とってもかわいい。

「――というのはすべて軽い冗談だ！」

フェリルスさんは、自分からリードをくわえて持ってきた。

「ほれ」

リードをくわえたまま、ふがふがと喋り、黒目がちの瞳でじっと上目遣いにわたしを見つめてくる。うぅぅっ、かわいい。これは逆らえないかわいさ。思わずリードも受け取っちゃった。

「行くぞ小娘！　最初はゆっくり屋敷の庭を一周からだ。急がなくていいからまずは長い距離を歩くことに慣れろ」

「は……はい」

こうしてわたしは、フェリルスさんのお散歩係としてのお仕事を始めることになった。

明らかに全力疾走したそうにうずうずしているフェリルスさんを脇に従えて、わたしはできる限りの速度でどすどすと走る。

すぐに息切れを起こして、歩くはめになった。

大きなお庭を一周しただけで終わっちゃって、本当に情けない。

「よぉぉぉぉし、最初の一回はこんなもんだろう！　脆弱な人の身にしてはよくがんばったな！　褒めて遣わそう！」

フェリルスさんがアオオオーンッと遠吠えして、わたしを褒めちぎって（？）くれた。

「しかしまだまだ俺のリードを預けるには頼りない！　俺は毎日百キロの走り込みをしている！　せめてその十分の一くらいはついてこられるようにならねばな！」

「じゅっ、十キロも!?」

「千里の道も一歩からだ、小娘！　毎日続けるのだ！　さあ、俺のあとに続いて復唱してみろ！

『筋肉はっ！』」

「えっ……」

「『筋肉はっ！』」

「き……筋肉は？」

「『裏切らないっ!!』」

「う……うらぎらない！」

「そぉぉぉぉぉだっ！　俺のリードを握るにふさわしい人物になれ！」

「わ、分かりました……っ！」

「よぉぉぉっし、早朝のトレーニング終わり！　続きは夕方だ！」

「ありがとうございました！」

わたしは『餌の時間だから』といそいそとどこかに行くフェリルスさんと別れて、自分の部屋に戻ることにした。

フェリルスさん、楽しいわんちゃんだったなぁ。でも、これじゃどっちがお散歩されてるのか分からないかも……せめてもう少し運動できるようにならないとダメだね。

わたしは夕方の訓練でもフェリルスさんと一緒にお庭を一周した。本当に広いお庭で、それだけでくたくたに。

「よおぉぉぉっし、小娘、次なる任務を与える！　このふたつのたらいに、水を張るのだ！　大きい方が水浴び用！　そして小さい方が明日の飲み水！　水源はそこの井戸だっ！」

フェリルスさんがどこからともなく、大小の桶のセットを担いでずるずる引きずってきた。

「わっ、わかり、ました……」

わたしは疲れた身体に鞭打って、水桶に手をかけた。

直後に疑問が湧く。

あれ、そういえばフェリルスさんって魔狼で、精霊だったよね？

精霊なら何でも魔法で解決できるはずなんだけどなぁ。

「フェリルスさんって水属性ではないのですか？」

「そうだとも」

「お水なら、自分で呼び出せるのでは？」

「井戸水の方がうまい！」

味へのこだわりかぁ。

それなら仕方ないねと思い、井戸に桶をばっしゃん。

持ち上げてみたら、やけに軽くて驚いた。

ああ、これ、縄に【重量軽減】の【魔術式】がかかっているんだ。

お望みの量を満たしてあげると、フェリルスさんは勢いよくお風呂用のたらいに突っ込んだ。

気持ちよさそうに派手な水しぶきを上げ、桶の縁に手と頭を乗せて浸かりモード。

「いい仕事である！　これぱかりは俺の肉球や牙では操れんからな！」

「……そういうことなら……」

わたしは縄に目をやった。

縄にかかっている【魔術式】を、フェリルスさんが使えるように書き換えたら、解決するよね。

魔道具の改良も、密かにわたしの得意分野だった。

わたしは縄を握ったり、水をすくってみたりしながら、改良用の【魔術式】を考えてみる。

「……こうかな？」

【重量軽減】の【魔術式】を圧縮して、空いたスペースに『魔力が流れると全自動で桶が落ちて、水を満たして所定の置き場所に戻ってくる』記述を追加。

こんなものかな、と納得の行く【魔術式】ができたので、試してもらうことにした。

「ここに肉球を置いてみてもらえませんか？」

「なんだ、小娘。俺は風呂で忙しいんだが」

「魔力を流すと、桶がひとりでに上がってくる機構を考えました。これでひとりでも好きなだけ井戸の水を汲み放題です」

「……なんだと？」

フェリルスさんのぶっとい前足が勢いよく井戸の縁にかかると、桶が落ちて、自動で水が汲まれて、上までキリキリと移動した。

「お？　お？　おおおお!?　小娘、やるじゃないか！」

フェリルスさんが喜んで尻尾を振り回した。

そばにいたわたしは水しぶきをもろにかぶり、びしょ濡れになってしまう。

「ぬあーっ!?　すまん！　尻尾が言うことを聞かなかったのだ！　嬉しくてつい！」

謝ってくれたので、わたしは全然気にしないと答えた。

「詫びと礼を兼ねてだな、あとで夕飯の一番うまい骨をやる！」

「えええ、た、食べられませんよぉ!?」

「骨はおいしいんだぞ！　健康にもいい！」

「脆弱な人間の顎ではちょっとぉ……」

「なんだとう!?　情けない種族め！」

フェリルスさんは魔狼がいかに強い種族なのかを語って、心身ともにさっぱりした様子でお風呂から上がった。

◇◇◇

一方そのころ、リヴィエール魔道具店。

リゼの両親、ジャンとジョセフィーヌは、公爵から送られてきた書状を前に、頭を抱えていた。

『診察の結果、リゼには命に関わる重大な魔力ヤケが見つかったため、公爵家で一時預かりとする』とあった。

困ったのはジャンとジョセフィーヌである。

今日中に用意してもらうはずだった素材が、未加工のまま、大量に残されていた。

「おい、どうするんだ？　アルテミシアのおかげで注文数もうなぎ登りの大事なこの時期に……」

リヴィエール魔道具店の売上は、過去最高を記録していた。

これだけあれば、すぐにでもリタイアして、一生遊んで暮らせる。

アルテミシアのコネを使ってもうひと稼ぎしたら、商売は廃業するつもりだった。

職人はみんな、ひと財産を築いたら貴族になることを夢見るものなのだ。彼らも将来は悠々自適の生活を送る予定だった。

夢の暮らしまであと一息。その矢先のリゼ脱落である。

「あんな娘、くれてやっても惜しくはないけどねえ」

母親がいまいましげに吐き捨てる。すると父親も同調した。

「まったくどうしようもない子だな。【生活魔法（コモン・マジック）】と【祝福魔法（バフ）】以外取り柄がないくせに、肝心なときに役に立たないとは」

【生活魔法（コモン・マジック）】。民間の暮らしをやりやすくする小さな魔法のことだ。【祝福魔法（バフ）】は人智（じんち）を超えた存在の加護を得る魔法で、神様だったり精霊だったりから力を借りて発動する。

リゼはとにかくこれらの魔法が得意で、手が早かった。大量生産に特化した小技をいくつも生み出しては活用していたのだ。しかし見るべき部分はそこだけで、あとは大したことがないというのが両親の見解だった。

近頃は高価な魔道具に組み込む、複雑な魔術の計算式や、トータルなデザイン・設計などもリゼにやらせることが多かったが、それは両親が楽をしたかったからである。彼女にしか生み出せない物がある、などという事実は、なかったことにされていた。

特に母親のジョセフィーヌは、幼いころから祖母の仕事を手伝っている。魔道具師として三十年近いキャリアがあるにもかかわらず、リゼがはるかに高度な【魔術式】を操ることは、どうしても認めがたい事実だった。

ジョセフィーヌが覚えている限り、一番初めに憎しみを覚えたのは、リゼがまだ四歳のころだ。

——おかあさん、みてみて！

ぷくぷくのほっぺをした幼いリゼが、ビー玉のような物を差し出した。

——これ、つくったの！

どれ、見せてごらん、と笑顔で受け取った母親は、凍りついた。

幼いリゼはつたない言葉で懸命に語る。

【純魔石】を、祖母に教わって作ったこと。すごいと褒めてもらったこと。お前には素質がある、と認めてもらったことなどを。

【純魔石】を作れたことなどなく、祖母からは素質がないと見放されていたジョセフィーヌは、この瞬間に娘を愛せなくなった。

リゼに雑用ばかりを押しつけ、何年も過ぎた。

憎しみは積もり積もって、今なお消えない。無事に今回のヤマが終わったら、どうにかしてリゼにも廃業させたいとさえ考えるようになっていた。それなら、彼女の才能を世間が知ることはない。

アルテミシアは王家にやったから問題ないとして、リゼの行き先は未定だ。ジョセフィーヌは、修道院に入れるのがいいのではないかと考えている。

貴族の家に嫁に出そうにも、上流階級は細々とした雑事をすべて使用人で賄うのがステイタスだから、【生活魔法（コモン・マジック）】など何の価値もない。

それに、嫁入り支度などして持参金を持たせたら、莫大（ばくだい）な損失になる。せっかく稼いだお金がもったいないではないか！

その点、修道院はリゼの存在を埋もれさせるのにぴったりだ。

彼女の計画を完全なものにするためにも、ここはふんばりどころだった。

「嘆いてても仕方ない。とにかく手を動かさなきゃ。素材から作るんだよ」

ジャンとジョセフィーヌは、揃（そろ）って【生活魔法（コモン・マジック）】を呼び出す。

もうずっとリゼにすべて任せていたため、起動の方法すらあやふやだ。

しばらくふたりがかりで作業を進め、昼休憩に入る前に揃った数を数える。もうそろそろ終わっただろう、と思っていたふたりだったが、まったく足りていなかった。

「……まあ、あたしらは久しぶりだからね。多少スピードが落ちるのは仕方がないよ」

「そうだな」

そして午後も半ばもすぎるころには、事態の深刻さが浮き彫りになってきた。

このペースでは納期に間に合わない。

「お、おい、さすがにまずいぞ。魔糸紡ぎって、こんなに進まないものだったか？」

「慣れだよ、慣れ。半人前のリゼにだってできていたんだから、コツさえつかめばそのうち速度も上がるさ」

「そうだな……」

彼らはその日一日、雑用で潰れた。

「おかしい……全然進まない」

「どうなっているの？」

焦りつつ、まだ時間はあると自分たちに言い聞かせることにした。

三日後――

「ダメだ、全然進まない！」

「雑用ばかりしていられないぞ……」

最初の納期はとっくに過ぎている。その次も、次の次も、期日はどんどん迫ってきているのだ。

「仕方がない。今回は素材だけでも買って間に合わせよう」

彼らは重い腰を上げてやっと買い付けに走ったが、なかなか必要な量が揃わず、赤字が出るほどの高値となった。

「ま……まあいい。今回は仕方がない。さあ、加工して、仕上げを……」

リヴィエール魔道具店は夫婦によって経営されている。

彼らの腕が商品の出来を左右していると言っても過言ではない。

しかしふたりは、半分以上の加工に失敗してしまった。

「くっそ！　また失敗だ！　もう材料もないってのに！」

「おかしいねえ……なぜこんなにうまく行かないんだろう」

「とにかく使いにくいんだよ！　粗悪品ばっかり摑ませやがって！」

ひとしきり素材の悪さをあげつらい、溜飲を下げたあと。

憎悪は、リゼへと向かった。

「ええい、リゼはまだ帰ってこないのかい？　三日も店に穴を開けて！　信じられない怠け者だよ！　忌々しい！」

「魔力ヤケぐらいで甘えやがって。職人なら誰でも通る道さ」

「そうさ。雑用が魔力ヤケなんかで休んでたら即クビだってのに！　甘えているんだよ、あの子は！　お貴族様は職人の事情なんて何にも分かっちゃいないのさ！」

「連れ戻してこないと！」

こうして、夫妻は公爵家に苦情を言いに行くことにした。

しかし、玄関にすら通してもらえない。

「公爵さまはおふたりとお会いにならないそうです」

従者風の少年が門の内側からそっけなく告げる。

門にすがりつけば、すぐそばに控えている大型犬が歯をむきだしてグルル……と唸り始めた。

「娘を返してくれ」

「横暴だ！」

「リゼ様のご容態に、公爵さまは大変深くお悲しみでございます。殺人未遂の容疑で訴えられても
おかしくない、と」

穏やかでない物言いに、ジャンとジョセフィーヌはギクリとしながらも憤る。

「魔力ヤケなんてよくあることだろう!?」

「職人病なのだから、あのくらいでとやかく言われる筋合いは……」

「苦情は裁判所を通してお願いします」

少年はにっこりと微笑み、犬はバウバウ！　と激しく吠える。

彼らは犬の激しい吠え声に気圧されて、手ぶらで戻ることになった。

――両親が空回りをしていたころ――

アルテミシアは王子との婚約を終え、幸せいっぱいだった。何しろ学園で一番いい男を捕まえた
のだ。これ以上虚栄心をくすぐられることはない。

彼女は学園での成績もトップで、淑女教育関連の授業でも最優以外は取ったことがない。

この学園で、一番淑女らしく、教養があり、美しいのは誰かと聞けば、人は必ずアルテミシアと
答えるだろう。

……嫉妬にまみれた女たちを除いて。

彼女たちは、王子を巡る争いに敗れたことを深く根に持っている。

今日も王子の腕を取り、さりげなく胸を押しつければ、周囲から嫉妬とも羨望ともつかないため息が聞こえてくる。

──あの冴えない面々が、わたくしと争って勝てるつもりだったのかしら？　鏡も見られないなんて、本当に愚かな人たちね。

アルテミシアは苦笑するしかない。

「……アルテ？　どうしたの、ぼーっとして」

何でもない、とたおやかに微笑めば、王子からそれ以上に甘く、恋に溶けきっている笑みが返ってくる。

「今後は結婚に向けて、魔道具を作ってもらう機会もぐっと増えると思う」

「結婚に魔道具が必要なのですか？」

「もちろん。式には諸外国の重鎮も呼ぶからね。君の魔道具を見せつけるいい機会だ」

彼は脇に下げていた短剣を鞘から抜き放った。

シロハヤブサの意匠が空を舞い、弾丸のように飛んで、消える。

アルベルトはうっとりした笑みを浮かべた。

「ああ……素晴らしい。これを戦争に応用すれば、わが国の敵はいなくなる。他国もそのことを察して、わが国との付き合い方を改めることだろう。世界が君の技術の前にひれ伏すのさ」

魔術や戦争に疎いアルテミシアは、何のことかよく分からず、曖昧にうなずいた。

そもそも魔道具は彼女の作品ではないので、褒められてもあまり嬉しくない。

それよりもっと、この手入れの行き届いた髪や、完璧なプロポーションに目を向けてほしかった。

「次にお願いしたい魔道具は【オーロラドレス】だ。着用者の意思を反映して、思い通りに色が変わる【魔織】製のドレスだよ。おとぎ話にしか登場しない代物だけれども……この【短剣飾り】を作る技術があるのならば、決して不可能ではないはずだ」

アルテミシアは、安易にうなずいた。魔術に疎いので、それがどれほど難しい品なのか、考えつかなかったのだ。

「分かりました。早めにお持ちいたします」

「ありがとう。君こそわが国の守護女神だ」

王子からの絶賛を心地よく聞く。

——その後、実家に戻り、アルテミシアは蒼白になった。

リゼがロスピタリエ公爵邸に連れ去られている、というではないか。

「お父様、お母様、わたくし、王子からの依頼で早急に作らなければならない物が」

「あぁん?」

彼らは夜会で『魔道具づくりしか能がない妹に仕事を与えてあげた』と言われたことを忘れていなかった。それは彼らのことをも否定する台詞だったからである。

「自分で作りな、馬鹿娘が!」

「そうだぞ、店が大変だってときにお前は家事のひとつも手伝わないで遊び歩きやがって!」

「パーティだって立派な仕事よ!? わたくしが社交に力を入れたからこうして王子の婚約者にも選ばれたんじゃない! 遊んで暮らしていたように言われるなんて心外だわ! 今度の魔道具も王子からのご要望なのよ! 結婚には絶対に必要なの!」

「知るか! どうしても欲しけりゃ自分で作りな!」

未加工の素材が入った箱の山を指さす母親。

アルテミシアはカッとなった。

「……分かったわよ! やればいいんでしょう!?」

アルテミシアは学園生活を優先させていたが、魔道具づくりが苦手という訳ではない。

あのグズの馬鹿妹にも作れる品物なのだから、アルテミシアにだって簡単なはずだ。

アルテミシアはまず、小さめの【魔織】を作って、色を変える【魔術式】を組み込み、様子を見てみようと思った。

しかし——

「なにこれ……【魔糸】が全然言うことを聞かない……」

色を変える【魔術式】は、家に置いてある資料を探したら簡単に見つかった。単色に変化する物は、そう難しくないようだ。魔力に刻み込みつつ、ベースとなる絹糸に絡ませれば、すぐにうまく行くだろう……そんな風に楽観視していた。

ところが、肝心の【魔糸】が反応しない。

何の色にも変わらないのだ。

「どうして……？　何が悪いの……？」

必死に資料を漁り、原因を探し回った。

その結果、絹や綿は魔力を通さない魔法的な絶縁体素材で、【魔糸】を練り込むときに付与する【魔術式】には、特別な展開をしなければならないことが判明した。

さらに、秘匿技術であるとも記されている。

「たかが色を変えるだけの技術がどうして……!?」

アルテミシアはあずかり知らぬことではあったが――

着用者の思いのままに色を変えるマントは、【姿隠しのマント】あるいは【光学迷彩】と呼ばれ、次世代の戦争の勝敗を分ける重要な技術と見なされていたのであった。

アルテミシアはそこで諦める女ではない。

「秘匿技術がなんだっていうのよ。わたくしはやると言ったらやる女なの。行動あるのみだわ。綿や絹の絶縁素材が邪魔をするのかしら？　なら、魔術を通す糸を紡げれば、あるいは……」

それには魔力だけで【魔糸】を紡がなければいけないことも、ほどなくして突き止めた。しかし、幻の技術で、作成に成功した前例がないことを、アルテミシアはまだ知らなかったのである。

アルテミシアは何度も【魔糸】を作成しようとして失敗した。

――こうして、何日も無駄にしたあと、ようやく彼らは一家で相談することにした。

「……リゼに雑用をさせなきゃうちは回らないね」

ジョセフィーヌにとっては本当にいまいましいことだが、リゼはいつの間にか、彼女がとうてい追いつけないほど【生活魔法（コモン・マジック）】に熟達していたらしい。

アルテミシアも、母親に同意した。

「あの子に作らせないといけない物があるのよ、それも今すぐに！」

「なんとかしてリゼを連れ戻そう」

父親も同意し、三者の意見が一致した。

「せめて結婚するまでは、魔道具の製作者はわたくしだということにしておかないと！」

「あたしだって素材加工に追われるなんてごめんだよ。入門したての見習いじゃないんだからさ」

「俺は店の営業も全部やってるんだぞ。魔道具づくりにまで手が回らん。リゼでもできる仕事なら、やらせておけばいい」

リヴィエール魔道具店の下の娘は、グズで使えない雑用係。

だからリゼには、世間と隔絶された修道院などで一生を終えてもらわなければ困るのだ。

親より優秀な娘など、いてはならない。

姉の魔道具づくりを代行していた妹など、いなかったことにしなければならないのだから。

「でも、どうやって？　先方は裁判所を通せと言っていたが」

「何か月かかるのよ!?　ぐだぐだ話し合いを引き延ばされたら終わりだわ！」

納期はすでにいくつかの案件でオーバーしている。

扱う品物の単価やロット数が大きいこともあり、賠償金だけで赤字がかさんでいた。

王子に依頼された魔道具も、まだ急（せ）かされるような時期ではないが、このままだと婚約の取り消しなどという事態にもなりかねない。

「どうにかして連れ戻す方法を考えないと！」

「とはいえ、あたしら門前払いされたばっかりだろう？　苦情を言ったくらいじゃ返してもらえないんじゃないかい」

「……正攻法では無理かもしれんな」

彼らは悩み抜いて、非合法な手段に頼ることにした。

魔道具店のある下町一帯を取りまとめている裏社会の組織に、何としてでも連れ戻してほしいと頼み込んだのだ。

法外な料金を請求されたが、それでも無事に連れ戻してもらえるとの約束を取り付けた。

「戻ってこい……早く……！」

「あんなグズでもいないと困るんだから始末に負えないよ」

「ドレスができないと婚約を解消されてしまうわ！」

ひたすら祈る三人だった。

わたしがフェリルスさんのお散歩係になってから、しばらく経った。
毎日おいしいものを食べさせてもらって、庭をぐるぐるして、フェリルスさんのボール投げに付

き合うだけの、簡単なお仕事。

単調な日々が――

た、楽しい……!!

物心ついてからずっと雑用ばっかりしていたので、何もせずひたすら遊び呆(ほう)けるのは新鮮な体験だった。

ぼーっと眺める花壇は色とりどりのお花が咲き乱れて綺麗で、お空は青くて、冷たい水が何もしなくても出てくる。

なんだか、すごく健康になったかも。

わたしの魔力ヤケはまだ取れていないけれど、こんなに元気なら、もう十分。

いつでも実家に戻って、働ける。

でも、正直に言って、帰りたくなかった。

だってごはんおいしいもん!

わんちゃんもかわいいし!

みんないい人だし!

誰もわたしをぶたない!

実家に帰らないといけないと思うだけで、わたしはまたどんよりと不健康になりそうだった。

でも、そう甘えたことばかりも言っていられない。

フェリルスさんのお散歩係としてもいまいち頼りにならないわたしだから、もう少し仕事をしたいなというのが本当のところ。

わたしの小さな悩みは、ティータイムに出てきた素敵なおやつのせいで全部吹っ飛んでしまった。

「これ、なんて言うんですか!?　すっごいおいしい！　作り方知りたいです！」

「あまくてすっぱくてうまい！」

フェリルスさんが大声で同意したので、わたしは足元をちらっと見た。

「……フェリルスさんって、いちごとかクリーム食べても」

「大丈夫だ！　俺は誇り高い魔狼だが、精霊でもあるからな！　お菓子は大好物だ！」

遠吠えをするフェリルスさん。

向かいに座っている公爵さまは面白くもなさそうに騒がしいわたしたちを見ていたけれど、ほんの数ミリだけピエールくんの方を向いた。

「レシピを聞いてこい」

「かしこまりました」

「あっ、ごめんなさい、そんなどうしても知りたい訳じゃなくって、ただ、実家に帰っても自分でも作れたらいいなってちょっと思っただけっていうか！」

「帰す予定はない」

「あ、はい」

公爵さまはいつも唐突にやってきて、唐突に喋り、唐突に黙る。

今日もティータイムの予定なんかなかったのに、公爵さまがやってきて、急に準備が始まった。

気まずいわたしに、公爵さまがマイペースに続ける。

「うちの食事は口に合っているか」

「は、はい！　とっても！」

「君は肉が好きだと聞いた」

「はははは い、すみませんっ……」

「なぜ謝る」

「女の子なのに肉が好きなのは……」

「気にするな。リゼ、君はもっと食べた方がいい。鳥獣肉（ジビエ）の赤身肉の方が栄養はあるが、ウシやブタでもいいだろう。どんどん食べなさい」

公爵さまがいろいろご馳走してくれるの、ほんとありがたいけど謎……

会話が続かなくて、足元のフェリルスさんを見つめていたら、ピエールくんが厨房から戻ってきた。助かった。

「今日のデザートはいちごクリームです。生クリームと砂糖を六対一で混ぜて煮詰め、すり潰したいちごをたっぷり混ぜて、少し冷めたらレンネットで固めるのだそうです。形はガーゼでまとめてお好きなように」

「後半、もう一回教えてください」

「覚える必要はない」

公爵さまは、ちょっとだけ不機嫌そうに見えた。

「食べたければいつでもシェフに作らせればいいだろう。それとも、わが館に何か不満が？」

「いっ、いいえっ、全然っ！　わたしなんかにすごくよくしていただいちゃって、本当に申し訳ないくらいでっ……！」

わたしは急に自分の気持ちが分かった。

そっか、幸せすぎて、なくなるのが怖かったのかも。

わたしはどうしたって魔道具店の娘で、小さなころからずっと家業の手伝いをしていて、忙しいのはこの先もずっと変わらない。

姉も両親も家族だから、どこに行っても結局は繋がっている。

いつかはあの厳しい魔道具づくりの毎日に連れ戻されるのだ。

「公爵さまのおうちは……とっても楽しいです。おいしいものもいっぱいあって、フェリルスさんはかわいいし、遊んでいると癒やされるんです。時間もゆっくり流れていて……やっぱり、わたしなんかとは、住んでいる世界が違うんだな、って……つくづく思い知らされました」

自分で言ってて悲しくなってきた。

でも、これが現実なんだから、受け入れないと。

「素敵な夢を見せていただいてありがとうございました。わたしの魔力ヤケもだいぶよくなったみたいですし、もう、いつ実家に戻されても大丈夫です」

「だから、戻す気はないと言っているが」

公爵さまは目をすがめた。

「不満がなければそれでいい。明日は婚約だ」

わたしも驚いたけれど、足元のフェリルスさんの驚きっぷりはそれ以上だった。

「婚約ううううう!?」

フェリルスさんが、椅子に座っている公爵さまの膝に前足ですがりつく。

「ご主人!? 俺は認めんぞ！ こんなひょろっちい小娘が俺のボスになるなんて!!」

「なら野に帰れ」

「ご主人んんんんん!!」

わたしもわたしで気が動転していた。

「そ……そんな、わたし、公爵さまに好きだなんて言われても、まだ公爵さまのこと何にも知らないし……」

「いつ私がそのようなことを言った」

「……え？」

公爵さまは淡々と続ける。

「君の家族から親権を奪い取るのに一番手っ取り早いのが婚約、結婚だ」

「……そ、そうなんですね」

やっ、やだ、勘違い恥ずかしい……

「不服か？」

「い、いえ、そんなっ！」

公爵さまはいちごクリームを食べながら、何でもないことのように言う。

「私と婚約させられるのが嫌なら、一日でも早く身を立てる方法を考えることだ。わが国の親権は理不尽に強い。君の親が躾と称して殴るのは合法だが、君が殴り返せば重い刑罰を科せられる」

「公爵さま……」

わたしが姉や両親にしょっちゅう叩かれてたの、気づいてたんだ。

「親の名のもとであれば、君はブラックな店で使い潰されても彼らに歯向かうことは許されない。ならば、どうすれば彼らの手を逃れられるか考えてみろ」

わたしの実家では、それが当たり前だった。だから逃げるなんてことは、考えてみたこともない。

考えをまとめきれないわたしを待たずに、公爵さまは紅茶を優雅に飲み干して、席を立った。

「明日までに思いつかなければ私と婚約だ」

「な……なるほど……？」

公爵さまがごく当然のことみたいに言うので、わたしはつい納得しそうになってしまった。

「私も決していい夫というガラではないが、さすがに君を使い潰したりはしない」

公爵さまは言いたいだけ言うと、勝手に帰ってしまった。

とたんに、フェリルスさんがわたしにのしかかってくる。両の前足をわたしの肩にかけて、ガクガク揺さぶった。

「貴様ああああ！　勘違いするなよ!?　ご主人に一番気に入られているペットは俺だ！」

「わ、分かってますぅぅぅぅ！」

フェリルスさんはぎらついた大きな犬歯の隙間から、地獄のようなうなり声を発した。

「なぜだ！　こんな小娘のどこがいいというのだ!?　熊一匹仕留められなそうじゃないか！」

激しい嫉妬をぶつけてくるフェリルスさんのプレッシャーに耐えられなくなって、わたしはおそるおそる聞く。

「フェリルスさんは……公爵さまのことが好きなんですか？」

「おうともっ！　ご主人はすごいぞ！　強いぞ！　群れのリーダーはああでなければならん!!」

自慢しているフェリルスさんがかわいくて、つい頭に手が伸びる。でも、触れる前に、フェリルスさんは飛びのいた。

「小娘！　俺を撫でようとは百年早いわ！」

残念。もふっとした、厚手のコートみたいな毛皮、一度でいいから触ってみたいな。

わたしはフェリルスさんの『いかに俺がご主人から愛されてるか』なお話をたっぷり聞かされながら、残りのいちごクリームを食べたのだった。

次の日、公爵さまは朝早くからわたしの部屋に来た。

「親から逃げる方法は思いついたか？」

「いえ……」

「では婚約だな。応接間で書類にサインして、宣誓を」

公爵さまに急かされても、わたしはすぐに動けなかった。昨日から悩んでいるけれど、答えは出ていない。

「あっ……あの！　ひとつだけ聞かせてもらえますか？」

公爵さまが首だけでわたしの方を振り返る。

「わたしが親から避難するにはそれしか方法がないというのは分かりました。でも——」

ずっとモヤモヤしていたことの正体。

「公爵さまのメリットは？　なぜ公爵さまはわたしにしかメリットがないことを無償でしてくれるんですか？　わたしは職人の娘なので、一応取引のことは教えられて育ちました。『無償の取引はしてはいけない』と——」

「魔力ヤケで苦しんでいる人間を助けるのに理由がいるのか？」

公爵さまは何も問題はないと言わんばかりだ。でも、わたしには納得できなかった。

公爵さまにはとってもお世話になったけど、それでも——

「公爵さまが、わたしの両親よりもっと酷い悪人ではないという保証はどこにもありません」

公爵さまは、はぁ、とため息をついて、わたしの方に向き直った。

「君の疑いは正しい。それなりに物事を考えられるようじゃないか。そこは評価する」

公爵さまは不機嫌な教師みたいに乱雑な評価を下すと、まるで表情を変えずに続ける。

「お望み通り教えてやろう。私は頭に来ているんだよ。幼い娘にこれほどの重労働を強いた両親も腹立たしいが、君にも腹を立てている」

わ……わたしにも？

何かやらかしたかな？　心当たりが多すぎて困る。だって庶民だもの、お貴族様のお眼鏡に適う行動なんてできっこない。

「優れた魔道具師を粗末に扱うやつは許せない。たとえ君自身であろうともだ。リゼ、君はもっと自分を大切にするべきだ」

「は、はぁ……」

そんなに魔道具が好きなのかなぁと思っていると、公爵さまは氷のような冷たい表情でまた口を開いた。

「おそらく、私は今冷静じゃないんだろう。君が両親に搾取されていた哀れな娘だと理解しているが、その娘に優しい言葉をかけてやれるほど人間ができてもいない。つまり――」

公爵さまは恐ろしく険悪な表情で言う。

「つべこべ言わずに私の言うとおりにしろ」

「は、はい！」

公爵さまが怖すぎて、わたしは間髪容れずにこくこくとうなずいた。

公爵さまはほんの一瞬だけ満足したように、ふっと表情を緩めた。

「よろしい。では来なさい」

わたしは言われるままにサインと宣誓をして、公爵さまの婚約者になった。

「これで婚約は成立だ」

念を押した公爵さまは、これまでで一番、穏やかな顔をしていた。

まるで、無事にわたしを保護できて、ほっとした――とでもいうように。

ドキリとして、よく見ようと目をこらしたときには、公爵さまはまた元の顔に戻っていた。

公爵さまがふと契約書に書かれたわたしの生年月日に目を留める。

「ん？……君は今年でいくつだ？」

「あ、あの、えっと……もう成人してます」

わたしはいつも『見えない』と驚かれてきたので、少し身構えていた。

ところが、公爵さまはほとんど表情を変えなかった。

「それもそうか。十やそこらの娘に【純魔石】が作れる訳もない」

「さ、さすがに十歳には見えないと思いますが……」

見えないよね？　見えないと思いたい。

「公爵さまのは、七歳くらいのときに作ったやつだったと思います……」

わたしが付け足すと、公爵さまは絶句した。

ごそごそと魔石を取り出して、ため息をつく。

「当時の私は七歳の子どもにすら及ばなかったという訳か……」

「そ、そんな、滅相もない……です」

「いや、いい。間違いなく君には才能がある。いずれ私を軽く凌駕（りょうが）するだろう」

公爵さまの過分な褒め言葉に目を白黒させていると、公爵さまはわたしに背を向けた。

「今後が楽しみだ」

そっけなく言われたのに、その言葉はいつまでもわたしの心に残ったのだった。

後日、新聞の冠婚葬祭コーナーにもわたしたちの婚約が掲示され、ちょっとした騒ぎが社交界に起こったことは言うまでもない。

婚約者になっても、しばらくわたしの生活は変わらなかった。

出てくるごはんはおいしいし、ピエールくんは優しいし、フェリルスさんは……素早い。

「リゼ様、今日は旦那様のご実家からリゼ様づきの私的なメイドがひとりやってきます」

ピエールくんがニコニコしながら教えてくれた。

「これでリゼ様のお召し替えにもより力を入れることができますよ！　これまではずっと簡素なワンピースばかりで申し訳ありませんでした」

「い、いえそんな！　すっごく着心地もよくてかわいくて、ずっと着ていたいくらいでした！」

そしてわたしは、前から気になっていたことを聞いてみることにした。

「……そういえば、このワンピースはどなたの持ち物なんですか？」

「もちろんリゼ様のですよ」

「わたし、誰かがお洋服を貸してくれているのだとばかり……」

ピエールくんは面白そうに笑った。

「この屋敷に若い女性はおりません。リゼ様に喜んでいただこうと、ご主人様がご用意なさったものです。お気に召したのなら、どうぞご活用くださいませ」

「あ、ありがとうございます……」

わたしは今着ているドレスの値段を思って、目まいがした。

普段から魔法機能つきのドレスやジュエリーを作っているので、見ればだいたいの値段が分かる。

これは、高い。

これだけの物をぽんぽんくれるなんて、公爵さまはすごいんだなぁ。

噂のメイドさんは、その日の午後にやってきた。

ノックされたので、何の気なしに出る。すると、知らない女の人がいた。

「失礼いたします。ごあいさつに参りました」

とても若い女の人で、もしかしたら年はわたしより少し上くらい。でも、慣れた様子で深いお辞儀を披露してくれた。

「新しく配属されましたお嬢様づきの侍女でございます。至らぬ点もあるとは思いますが、よろしくご指導くださいませ」

「リゼです」

「リゼ様、どうぞよろしくお願いします」

わたしはいつまで経っても彼女が名乗らないので、不思議に思って聞いた。

「あの……お名前は？」

「お好きなようにお呼びください。わたくしども使用人に名前はありません」

そうなのかぁ……

あれ、でも、ピエールくんって、自分でピエールって名乗ったよね。

「じゃあ、前のところではなんて呼ばれてたんですか？」

「奥様からは、アンと。でも、皆さま気ままに呼んでいらっしゃいました」

んんん？

わたしの店は公爵さまのご実家とも取引があったから知ってる。

あそこの家の奥様って、アンリエット様じゃなかったっけ。

自分の名前とほぼ同じニックネームを使用人につけるかなぁ？　それとも、わたしが間違って覚えていただけ？　わたしは粗忽で、そういうところがある。よその貴族と混ざっているかも？　お客様を取り違えるなんて、大問題だ。

わたしはなんとか自分の勘違いを悟らせずに正しい情報を得ようと、少し慎重になった。

「奥様って、どんな方でした？」

「裕福なひとり暮らしのご婦人で、かなりご年配でいらっしゃいました。先日お葬式が済みましたので、新しい奉公先をと思い――」

わたしはまた、あれ？　と引っかかりを覚えた。今度は記憶違いなんかじゃない。だって、朝に聞いたばかりだ。

「公爵さまのご実家から来るって話だったんですけど……急に変わったのかな？」

「そうだったんですね。わたくしは別のところから参りました」

「ピエールくんに聞いてみようかな？」

わたしが呼び鈴を鳴らそうと手を伸ばすと――

生真面目に控えていたメイドさんが、突然フッと視界から消えた。

「……動くな」

小さく脅され、喉元にはナイフ。

わたしは息を呑んで卒倒しそうになった。

ええええ、何この人!?

暗殺者……にしても、わたしを狙う意味とかってないし……あ、目的は公爵さまとか!?

そうすると、これ、大ピンチ!?

「大人しくしていなければどうなるか……分かるな?」

わたしは必死にうなずいた。

「今からお前に毒を飲ませる。私の言うとおりにできたら、解毒剤をやろう」

もしかしなくてもわたしに公爵さまの暗殺を手伝わせるつもりとか?

わたしはブルブル震えながら、それはダメだと思った。

居候のわたしが、公爵さまに迷惑かけて命の危険に晒すなんて、申し訳なさすぎる。

せめて奢ってもらったごはん分くらいは役に立たないと!

メイドさんが小ビンに入った液体を飲ませようと私の口元に持ってきた隙をついて、わたしはとっさに、使い慣れている魔法を呼び出した。

【魔糸紡ぎ】

わたしは天才だった祖母から習って、純粋な魔力だけで作る石や糸なら、素材などなくても無から生み出せる。

さらに、絶縁体の絹や綿と混ぜるのでなければ、魔法の威力を増幅する【祝福魔法(バフ)】の恩恵も、限界まで乗せられた。

【時間加速千倍(スピードアップ)】

わたしは一瞬で糸を紡ぎ、繭のように包まれた。

「妙な真似(まね)をっ……」

メイドさんが驚いてナイフで繭を切り裂く。

でも、その中にわたしはいない。正確には、入れ子構造のもう一方に隠れている。

「……!? どこに行った!?」

メイドさんが繭の抜け殻に気を取られているすきに、わたしは即席で編んだ【魔織】を頭からすっぽり被(かぶ)る。

この布、純粋な魔力だけでできているので、わたしの魔術が綺麗に反映される。

わたしは表面に、周囲の景色と同化する、幻影の魔術をかけた。

【幻影魔術】-【風景同化】

これでわたしの姿は、肉眼では見つけられなくなった。

わたしは息を潜め、両手両足のよつんばいで、柔らかいじゅうたんの上を抜き足差し足忍び足。

呼び鈴に飛びついて、激しく鳴らした。

二度鳴らしたところでメイドさんがわたしの位置に気づいて、正確に迫ってきた。

ばさりと布を引きはがされる。

「……これは……【姿隠しのマント（タルンカッペ）】か!?　まさかすでに実用化されていたなんて……いや……待てよ?」

　メイドさんは【魔織】とわたしを交互に見比べる。

　その顔は、なぜかとても嬉しそうだった。

「お前が作ったのか！　魔道具師ゼナの孫娘！」

　ナイフを持った手がわたしに伸ばされ、息を呑んだ。

　こ、殺される！

　今更のように怯えるわたしの耳に、ピエールくんの声が聞こえた。

「リゼ様、いかがなさいましたか」

「助けて！　この人悪い人です！」

　わたしが叫ぶのと同時に、メイドさんはニヤリと笑って、わたしの作った【魔織】をかぶった。

「また会おう」

　周囲の景色に姿が溶け込み、メイドさんの姿が見えなくなる。

　その瞬間、ドアが開いて、ピエールくんが飛び出してきた。

「リゼ様っ！　ご無事ですか!?」

「ははは、はいぃっ……！」

　ピエールくんが油断なくあたりを見回し、あれ、という顔になる。

　すでに誰もいない。大きく開け放たれた窓から、風が吹いていた。

ドドドドッと力強い足音がして、モフモフのわんこが飛び込んでくる。

「小娘、無事か!?」

「お怪我(けが)はありませんか!?」

「だ、だだだだ、大丈夫でぇっ……」

怖かった怖かった怖かったあああ!

床にうずくまってガクガク震えていると、ピエールくんが手を貸してくれて椅子に座ることになり、そこにフェリルスさんが前足でのしっとのしかかった。

「……おい、ピエール! 椅子の振動機能が強すぎるぞ!」

「それはマッサージチェアじゃなくて、リゼ様のおみ足が震えていらっしゃるせいですね」

「お前、ビビリだな!」

「あああ暗殺者なんて初めて見ましたぁぁぁ……」

「ああ、うちでもそうめったにあることじゃない! しかし、よくやったぞ小娘! 俺が駆けつけるまでの時間を稼ぐとは大した度胸だ!」

わっふわっふと犬っぽい笑い声(?)を立てるフェリルスさん。

「よくがんばった部下には褒美がないとな! 特別に俺のたてがみをモフらせてやろう!」

「えっ……いいんですか!?」

フェリルスさんのたてがみは雪国仕様でコシが強くて毛の量が多くて、ふっかふかだった。

フェリルスさんがふんがふんがと鼻を鳴らして、言う。

「……ちょっとだけ匂いが残ってる。さっき門を通ったばかりの新入りの女だな。あいつがお前に何かしたのか？」

「いきなり、ナイフで脅されて……」

「なんてやつだ！　おいピエール、なんであんな怪しそうな女を通したんだ？」

「今日たまたまメイドが来る予定だったのを、どこかで盗み聞きしたのでしょうか……僕としたことが油断しました。もっとよくチェックしていれば、こんなことには……」

「フン、まあいい。罰するのはご主人の仕事だからな」

フェリルスさんはわたしにバウバウと吠える。

「しかしリゼはお手柄だったな！　知らぬ間に紛れ込まれていたら厄介だった」

「はい、わたしのせいで公爵さまの命が狙われたらって思ったら、とっさに……」

わたしは変な顔になった。

「フェリルスさん、わたしの名前……」

「お前は小娘とはいっても勇気があるからな！　勇敢な人間は認めてやらねばなるまい！」

「フェリルスさんっ……！」

わたしはなんだか感動してしまって、しつこくフェリルスさんのたてがみをモフモフしてしまい、しまいに「やめろ」と怒られたのだった。

その後、公爵さまが仕事から帰宅して、わたしは実況見分に立ち会うことに。

「……事情はだいたいピエールから聞いた。で、現場を見にきた訳だが……」

公爵さまがチラリと床に落ちている繭を見た。

「これはなんだ?」

「あ……わたしが、とっさに、身を守るために作った物で……犯人の遺留品とかではないです」

ピエールくんが現場をそのままにするよう計らってくれたので、襲われた当時のまま置いてある。

公爵さまは繭の抜け殻を拾い上げると、不審な物を見る目つきでいろんな角度から眺めた。

「……【魔織】……か? えらく魔力の割合が多いが……」

「はい、魔力でできてますので」

公爵さまは固まった。

「ほ、ほら……魔力だけで構成すると、布としては欠点が多すぎて使いにくかったりしますけど、姿隠しの魔術を上乗せするには便利だったので……」

「はあ!? 姿隠しだと!?」

公爵さまは繭に魔力を流し込み、その一部が入れ子構造になっていて、周囲の風景と同化するのを見届けた。

「なんだこれは……」

「子ども騙しみたいな術ですよね……へへ……でも、わたしが一番慣れてる魔法ってこれで、他に思いつかなくって」

「何が子ども騙しなものか」

公爵さまは呆れたように、

「国の勢力図が一変する」

などと大げさなことを言うものだから、わたしはつい首を傾げてしまった。

「君がこの魔法を使えることは何人ぐらいが知っている？」

「え……えっと、特に、誰も……」

「家族もこの布が作れるのか？」

「どうでしょう……練習すればできるんじゃないでしょうか？　わたしは最近、似たような技術の魔道具を作ったので……」

「【幻影魔術】の付加効果つき……ということか？」

「はい」

姉から作るように厳命された、王子の注文品。

あの中に、シロハヤブサの幻影が飛ぶエフェクトをつけるっていう、ちょっと変わったギミックがあったんだよね。

おかげでみっちり【幻影魔術】の研究をすることになったんだ。

「それぱっかりやってたせいで、ついとっさに出てしまったんです」

「とっさに、か……」

公爵さまは怖い顔をますます怖くした。

「私は君のことを天才的な魔道具師だと思っていたが、どうやら違うようだな」

わたしが天才？　またまた。

おばあさまはもっとすごかったし、わたしはお店で雑用しかしてなかった。

公爵さまはわたしに近づくと、わたしの手のひらに触れた。

「君は伝説級(レジェンド)の魔道具師だ。大事にしたまえよ、この手はもう君ひとりのものではなくなった」

公爵さまが宝物のようにわたしの手を捧(ささ)げ持つ。

わたしはそのとき初めて、公爵さまの顔を、触れられそうなほどの距離で見た。

氷のように冷たいと評判の公爵さま。

表情は相変わらず面白くなさそうだったけど、美形と世間で騒がれるだけはあり、とても綺麗な顔をしていた。色素の薄い青の瞳は本物の氷のようで、あだ名の由来ってもしかして態度だけじゃないのかな、と思ったりしたのだった。

一方その頃、リヴィエール魔道具店の三人は、窮地に陥っていた。

リゼを連れ戻すように依頼していた裏ギルドが、『失敗した』と言ってきたのだ。

しかも、厳重な警備を理由に、手段を選ばず拉致するのなら当初の五倍の報酬が必要だと吹っかけられる始末。

リゼの両親は騙された思いで家路につくことになった。

「金だけふんだくりやがってっ……」

「どうするんだい、もう違約金だけで破産しそうだよ」

庶民の家が一軒買えるような、大口の特注品ばかり立て続けに請け負っていたせいで、彼らの資産はみるみるうちに減り、あっという間に赤字へと転落していた。

「どうしようもないさ。店を差し押さえられる前に、なんとか高跳びでもするしかない」

ふたりは偽造の旅券の確保などに駆けずり回った。

困ったのはアルテミシアだ。

「ねえお父様、お母様、わたくしの学費が滞納されているって……どういうことなの？」

魔法学園からの警告を受けて、慌てて帰宅してきたアルテミシアに、両親は冷たかった。

「どうせお前は王族に嫁ぐんだろう？　ならもう退学でいいじゃあないか」

「そんな訳には行かないわ！」

「なら、お前の御自慢の王子様になんとかしてもらいな。授業料の免除もたやすいはずさ」

アルテミシアは怒り心頭だったが、他に頼れる人もいないので、アルベルトに泣きついた。

「わたくしの実家の経営がうまく行っていなくて、このままだと退学に……」

「それはいけない。君を退学にしたら、国の損失だ！」

アルベルトは疑いもせずにアルテミシアの話を聞いてくれる。

「それだけではありません。わが家はとてつもない不幸に見舞われているのです」

妹の件をアルベルトに打ち明けるのは大きな賭けだったが、誘拐に失敗した以上、なりふりは構っていられないとアルテミシアは判断した。

こうなったら王子の力で連れ戻してもらうしかない。

「わたくしの妹が、先日ロスピタリエ公爵と婚約いたしましたが」

「ああ、宮廷でもずいぶんと騒がれていたよ」

「妹は、アルベルト殿下に見初められたわたくしをたいそう羨ましがっておりました。妹なりに良縁を摑みたくて必死だったのでしょう。わたくしたちからイジメられていると嘘をついて、公爵さまの同情心に付け込み、強引に婚約を結んでいただいたようなのです」

「そんなことが……」

「ロスピタリエ公爵閣下はわたくしたちのことを敵だと思っていて話も聞いてくださいませんし、わたくしの父母も、大事な娘と無理やり引き離されたショックで、すっかり元気をなくして店じまいを始めております」

アルテミシアは見事なそら涙を流した。

「お願いでございます。殿下のお力で、妹を公爵さまから引き離していただけませんか」

「……分かった。私からロスピタリエ公爵に話してみるよ」

「できればわたくしも、妹に会わせていただけませんでしょうか……とても心配なのでございます」

「なんとかしてみよう」

アルテミシアは安堵した。

アルベルトがいないすきにこっそり、『早く戻ってこなければ酷い目に遭わせる』とでも言えば、妹は震えあがって帰ってくるだろう。

アルテミシアにとっての妹は、グズでのろまで、少々物分かりが悪い奴隷だった。奴隷を躾けるには、ときどききつく言ってやらなければならない。

「ところで、君に頼んだ新しいドレスの開発はどう？」

王子が熱心に聞いてくる。

――本当にお好きよね、魔道具。

内心馬鹿にしつつ、アルテミシアは少しもそれを感じさせない素振りでふんわり笑った。

「ああ……【カメレオンドレス】、でございますね」

実は少しも進んでいないなどとは言えない。

「現在、父母にも手伝っていただいているところですの。妹さえ無事に戻れば、わたくしたちも集中して取り組めるようになりますわ」

アルテミシアは笑顔で平然と嘘をついた。

「そう。なら、私も急いでロスピタリエ公爵に連絡してみよう」

「もう殿下しか頼れる方はおりません。できる限り早く、よろしくお願いいたします」

アルテミシアの懇願を、王子は聞き入れてくれた。

ロスピタリエ公爵を、数日後のお茶会に誘い出してくれたのだ。

妹同伴という条件つきで。

アルテミシアは念には念を入れ、裏社会のギルドから、失敗した依頼の慰謝料代わりに毒薬をせしめて、万全の態勢で挑むことにした。

「なるべく無傷で確保するのならその毒がいい。職人の手は繊細だから、万が一にも後遺症が残るような暴力はやめた方がいいだろうな」

　失敗したくせに偉そうな注釈を垂れる女性をひと睨みで黙らせ、アルテミシアは今度こそと意気込んだのだった。

　わたしは新しく入るメイド（暗殺者じゃない方）に引き合わせてもらった。

　メイドさん、何にも事情を知らないまま、あのあと普通にお屋敷にやってきたんだって。

　メイドさんの身元は、幼馴染でもある公爵さまと、匂いで人の正体を嗅ぎ分けられるフェリルスさんが質疑応答で確認済みということで、わたしにも会わせてもらえた。

　クルミ色の髪に、ふんわりとした女性らしい温かみのある風貌。

　でも、彼女が、

「お名前はお好きにお呼びください」

　って言うから、わたしはビクついてしまった。

　暗殺者メイドと顔はあんまり似てないけど、同じこと言うもんだから、何かの魔術で顔だけ変えてきたのかと一瞬思っちゃったのね。

わたしも一応、【魔力紋】を見せてもらって、別の人だと納得した。

「えっと……前のところではなんて呼ばれていたんですか？」

「この国風に、クリスと」

「クリスさん……は、この国の人じゃないんですか？」

「母が移民でございました。わたくしの本名も、こちらの国の方には発音しにくいらしいので、どうぞお好きなように名付けてくださいませ」

わたしはどうしたらいいのか分からなくなって、うろたえだした。

お名前を軽々しくつけるのは気が引ける。それに、ちゃんと自分の名前があるのに呼んでもらえないのって嫌じゃないのかな？

「ちなみに、どんなお名前ですか？」

「クルミ」

「クルミさん」

ちょっと変わった名前だけど、発音はできそうかも。

「ちゃんと言えそうなので、そう呼びますね」

クルミさんはチラリと何か言いたそうに間を空けてから「かしこまりました」と答えた。

「わたくしはリゼ様のお話し相手などをお務めいたします傍ら、ごくプライベートな領域のお掃除や、お肌に触れるようなお支度をお手伝い申し上げることになっております。あまり男性に知られたくないことで問題が起きたら、何なりとわたくしにご相談くださいませ。いまだ見習いのふつつか者ではございますが、どうかよろしくお願いいたします」

深々としたお辞儀はとても見事で、全然ふつつか者ではなさそう。

圧倒されていたら、クルミさんはポケットから何かを取り出した。

小さな懐中時計だ。

「リゼ様は魔道具づくりがお上手だと伺いましたので、お近づきの印にと、わたくしも初心者キットを組み立ててみたのですが、このとおり、うまく動きませんでした」

わたしはそわっとした。

時計なら飽きるほど作ったので、回路から何から全部頭に入っている。

「す……少し見せてもらってもいいですか？」

時計のカバーを外して、歯車の並びを見る。

「魔力が動力源のオーソドックスな回路ですね。ああ……たぶん、ここがうまく噛み合っていないのかな？」

わたしが手を入れると、時計はすぐに、カチカチと規則正しい音を立て始めた。

「すごい……一瞬でお直しになるとは。わたくしなど、一週間も悩んでおりましたのに」

「覚えたら、簡単ですよ」

でも、褒めてもらえて悪い気はしない。

わたしと仲良くなろうとして、前もって準備していてくれたんだと思うと、余計に嬉しかった。

「設備があったら、時計を吊り下げる装飾品も好きなデザインで作ってあげられるので……」

「まあ、そんなことまでおできになるのでございますか？」

「細工物は得意なんです。クルミさんは、好きなデザインってありますか？」

「……考えたこともありませんでした」

クルミさんが自分の手のひらから、靴の先に視線を落とす。

「わたくしは住み込みのメイドでございますので、私物もそれほど多くございませんし、私服よりメイド服の方が数が多いくらいでございます」

クルミさんの発言に、わたしはつい共感してしまった。

「分かります。わたしも仕事に便利な、耐熱耐火の作業服の方が、私服より多くって……実は、ヒラヒラのお洋服って、まだ慣れないんです」

クルミさんはフフッと笑ってくれた。

笑顔になると、できるメイドさんのオーラが崩れて、すごくかわいい人なんだと分かる。

「それでは、わたくしたちはこれから、ともに自分の好きな物を模索していかなければなりませんね。リゼ様にはこの家の立派な女主人におなりいただいて……」

「うえぇっ!?　しゅ、主人ですかぁ!?」

「公爵閣下のご婚約者様なのですから、当然でございましょう」

「ええ、でもそれは、緊急の措置っていうかっ……」

わたしはしどろもどろになりながら、公爵さまと婚約するまでの経緯を全部説明した。

「……だからこれは、偽装婚約なんです」

クルミさんはふんふんと全部聞いたあと、軽く首を傾げた。

「でも、わたくしはご主人様が女性を気にかけるところを初めて見ました。あの方、たいそうな女性嫌いなのでございます」

「わたしも、とても好かれているようには思えないのですが……」

「あらそんなことはございませんわ」

クルミさんはいいことを思いついたように、ぱっと全開の笑顔になった。

「では、一緒にご主人様を試してみましょう」

その日のメインディッシュは海鮮のパエリアで、サフランで炊いたお米に、大きな海老(えび)とホタテ貝と魚卵と白身魚が所狭しと敷き詰められていた。

この真っ黒な卵、おーいしーい！

「これっ、これなんていうんですか!?」

「チョウザメの身と、卵でございます。キャビアとも申しますね」

ピエールくんがニコニコしながら瞬時に答えてくれる。

「へえ、サメってこんなにおいしいんですね！」

出汁(だし)がきいているお米に、ほどよい塩気の超美味な具材がゴロゴロ載っている。

お肉よりおいしいかも！

夢中で半分くらい食べてしまったあとに、公爵さまはやってきた。

「すまない、遅くなった。リゼはちゃんと食べているか？」

「はい！　とってもおいしいです！」

食べるのをやめろと言われてもやめたくない。

食欲の権化になっているわたしを前にして――

公爵さまはいきなり噴き出した。

さすがのわたしも手を止めて、公爵さまを振り返る。

あの、いつも無表情な公爵さまが、笑ってる？

公爵さまは笑いが止まらないのか、顔に手を当てて震えている。

……なんかおかしかったのかな？

わたしは気まずい思いで居住まいを直し、公爵さまにぎこちなく笑みを返す。

とたんにまた公爵さまが笑い転げた。

「ディオール様、女性の顔を見るなり笑い出すなど失礼ではございませんか？」

ピエールくんの優しいフォローに、わたしはかえっていたたまれなくなる。

たぶん、バクバク食べてたのがみっともなかったんだよね。

しかも今日のわたしは、いつもと格好が違う。クルミさんが綺麗にセットしてくれて、お姫様みたいなドレスを着たんだよ。

亜麻色の、なんてことない茶髪も、真っ白なレースと一緒に丁寧に飾り付けてくれた。そのせいで、いつもよりテンション上がっていたかもしれない。

「何がそんなに面白いんですか、ディオール様。いい加減笑いやんでくださいませ」

公爵さまはひーひー言っていたけれど、それもしばらくすると落ち着いてきた。

……それにしても笑っている公爵さま、珍しいなぁ。

あんまりにも豪快な笑いっぷりに、怒るよりもぽかんとする気持ちが強くなって、わたしはつい公爵さまをまじまじと見つめてしまった。

目が合う。

信じられないことに、公爵さまはわたしに向かって、にこりと笑いかけてくれた。

……と、いうより、またちょっと笑いの発作がぶり返していた。

「いや、すまない」

いつもの無表情からは考えられないような、別人みたいにさわやかな笑顔で、公爵さまはわたしに向かって口を開く。

「今日はめかし込んでいるんだな。見違えたよ。とても綺麗だ」

……え？　と、わたしは言葉に詰まった。

さっきの笑いっぷりは、綺麗な女の子を前にしたときのそれではなかったよね？

変な動物がいっちょまえにドレスを着て人間の真似をしてるのがツボに入った、くらいの勢いがあったよね……？

でも、公爵さまの笑顔はとても晴れやかで、嘘をついているようには見えない。

心細くなって、思わず後ろに控えているクルミさんを振り返ると、彼女はすかさず近寄ってきて耳打ちしてくれた。

「どうやら大変にお気に召したご様子」

「ほ、本当ですか？　ちんちくりんの地味な庶民がドレスなんか着てって嘲笑されてませんか？」

「ご主人様は思ったことをはっきりおっしゃいますから、もしそうお感じになっていたらズバリ言っていたかと」

「うぇ……」

「自信をお持ちください。ご主人様がお世辞でも女性を褒めたことなど有史以来一度もありません」

「数千年で初めてかぁ……」

「ご主人様の好きなタイプは『珍獣』です」

「それ全然褒めてなくないですか⁉」

ちょっと声が大きくなってしまったわたしに、食事をしていた公爵さまが注意を向ける。

「褒めたつもりだったが」

「聞こえてましたか」

「『珍獣』というと語弊があるが、レア種族は好きだな。フェリルスのような」

「わたしはヒューマンなのですが」

「だが風変わりな魔道具師だ。私はなんでも珍しい物が好きなんだよ。コレクションしたくなる」

「コレクター気質なんですね……」

「そうとも」

公爵さまは微笑みを大盤振る舞いしてくれた。

……笑顔だと、怖い印象が取れて、整った顔立ちをゆっくり見る心の余裕も生まれてくる。

わたしは職業柄、『巨匠の誰それさんの彫刻みたいに』、と指定を受けることがあるので、絵画や彫像についてもそこそこ知っているんだけど、公爵さまの見た目はそれに近い。人間というより、名匠の作った美術品みたいな造形をしている。

今度『美男子のカメオを作れ』と言われたときの参考に、よくシルエットを焼き付けておこうっと。

「それに、君は魔道具師でなくても面白い。公爵になってからあちこちの夜会に呼ばれたが、こんなに食べるドレスの女は初めて見た」

「あ、これ、クルミさんがおなかを締め付けるといっぱい食べられないからって、ゆったりしたデザインのにしてくれたんですよ！　すごく楽で最高です！」

公爵さまは笑い方に変な癖までつけて、発作のように身体を震わせていた。

「……っそうそう、食事は君の大事な仕事だからな。怠らないように気をつけるんだよ……っ」

後半、笑ってしまっていて何を言ってるのか分からなかった。

公爵さまに大爆笑された日からさらに数日後。

「午後は王城に行くぞ。支度しろ」

突然言われたのは、お昼ごはんのときだった。

公爵さまは神出鬼没で、いつも突然にめちゃくちゃなことを言う。

「なんでまた王城に？」

食べるスピードは少しも落とさずに聞く。

今日は三十種類のハーブと野菜を煮込んだポタージュスープと、柔らかい白パンだった。

公爵さまの家の白いパンは砂糖でできてるのかと思うほど甘くてもっちりしていておいしい。

スープも最高で涙が出る。

「アルベルト第一王子直々の呼び出しだ」

「お友達なのですか？」

「いや、まったく。おそらく本命は君だろう」

「わ……わたし？」

「君同伴で来いとの命令だ。君の姉も来ると聞いている」

わたしは瞬時にして震えあがった。

お姉様、絶対怒ってるよね……

なぜ家に帰ってこないのかと問い詰める姿が目に浮かぶようだ。

でも、帰ったら帰ったで折檻されるから、どっちに転んでも嫌だなぁ。

うつむいていたら、公爵さまがそっとわたしの頭に触った。

「分かっていると思うが、君は私の婚約者だ。先方から何か要求されたときは、勝手に請け負ったりせず、すべて私の許可を取るように」

「は……はい」

「第一王子やアルテミシア嬢から何を言われようとも、私の許可がなければできないと突っぱねることだ。分かったな?」

あの怖いお姉様を突っぱねる……できる気がしない。

わたしはクルミさんにお茶会向きのドレスを着せてもらって、公爵さまと一緒にオープンカー式の馬車に乗り込んだ。

……ひとりでよっこらせ、と乗り込んだせいで、公爵さまはまたツボにはまって笑っていたけど。

「こういうときは私か、使用人の手を借りるものだ。王城で降りるときは待つんだよ」

「はい……」

恥ずかしくて縮こまっていたら、公爵さまはくすくす笑いながら付け足してくれた。

「まあ、私も妹の同伴ぐらいしかしたことがないから、失敗するかもしれないが」

「そんなあ」

転んでドレスを汚しでもしたら、姉は『こんなグズが妹だなんて身内の恥』と怒るに違いない。

「それと、私が君と婚約したのは、君にひと目惚れしたからだ」

突然何を言い出すのだと思って心臓が止まりそうになっているわたしに、「……と、いうことにしておこう」と公爵さまが平然と続けた。

「アルベルト第一王子のことは知っているか?」

「ええっと……お姉様によく魔道具を作らせてた人、です」

「そうだな。彼は魔道具に関心が高い。魔道具店の娘であるアルテミシア嬢と婚約をした当初も、周囲は反対の嵐だった」

そうだったんだ。周囲の反対を押し切って婚約にこぎつけたお姉様って、すごかったんだなぁ。

「そこにきて私とリゼの婚約だ。彼は絶対に君にも興味を持つだろう。そうするとどうなるか、想像できるか?」

もしも王子様がわたしの魔道具に興味を持ったら……

「……お姉様に、殺されるかもしれません」

わたしにしてみれば当然だったけれど、公爵さまにとっては予想しなかったことだったらしい。

「なんだと? どういうことだ」

「お姉様の魔道具は、わたしが作っていたんです」

公爵さまは絶句した。

「……殺されます」

もう一度わたしが確信的に断言すると、公爵さまの金縛りが解けた。

「なら、なおさら婚約の理由は伏せておいた方がいい」

「わたしもそう思います……」

「では、私と君は相思相愛の恋愛結婚、ということで」

姉への恐怖に背中を押されて、わたしは一も二もなくうなずいた。

公爵さまはかすかに笑って、わたしの手を取った。

「では、よろしく頼む。私の愛しい婚約者どの」

ドキリとしたあと、だいぶ遅れて恋人のふりだということに気づく。

こ、こういうときって、なんて返事をすればいいの？　分からない……全然分からない……！

公爵さまのクールな表情を見ているうちに、ふと彼のような人が出てくるオペラが最近上演されていたなと思い出した。

見たことはないけれど、街の雑踏で、何度もがなりたてられる呼び込みの売り文句は、耳にこびりついている。

『さあさあ寄ってらっしゃい見てらっしゃい！　これより始まりまするは歌と踊りの一大スペクタクル！　めくるめくダンスにチャンバラ恋の冒険……主人公はバルバロイ王の娘、醜悪なる老王に嫁がせられる憂き目に遭いますれば、颯爽と恋仲の冬将軍が現れて……』

こ、これしかない！　と覚悟を決め、わたしはやぶれかぶれで口を開く。

「わ……分かりました。わたしの恋の冬将軍様」

「……っ」

ちょっとどうかと思うくらい、公爵さまはゲラゲラ笑った。

「あぁ、笑った。こんなに笑ったのは久しぶりだよ。リゼ、君は本当に面白い」

わたしは恥ずかしくて、道中ずっと下を向いていた。その一方で、公爵さまはわたしのうわごとがいたく気に入ったらしくて、ずっと上機嫌にたわいないことを喋っていた。

王城に着き、公爵さまのスマートなエスコートで馬車から降りたあと、わたしたちはすぐにお庭へ通される。

素敵なお茶の席が用意されていて、男女が仲良さそうに座っていた。

姉と王子だ。

「来てくれてありがとう」

王子が穏やかに言う横を、姉が駆け抜けた。

「リゼ！　心配したわ！」

わたしを抱きしめて、誰にも見えない死角から、ぎゅうっと太ももをつねってきた。

痛い痛い痛い。

「どうしていきなり家を出たりしたの？　公爵さまにも酷いご迷惑をおかけして！」

姉が目力の強い顔で迫ってくる。

怖い怖い怖い。

「迷惑などではありませんよ」

公爵さまがいつもの無表情から、はっきりとした微笑みに表情を変えたとたん、姉と王子が衝撃を受けたように固まった。

「ロスピタリエ公爵……君、笑えたのか……」

と、アルベルト王子。

「『氷の公爵さま』にそんな表情をさせるなんて……いったい何人の女が嫉妬に身を焦がすでしょうか」

と、姉。

「誤解があるようですが、私だって愛しい娘の前では微笑みもしますよ。ねえ、リゼ?」

羽根で撫でるように優しく呼ばれて、わたしはちょっとビクリとした。

公爵さま、声色から喋り方まで、全部変わってる……王子相手だから丁寧なのもあるんだろうけど、普段とのギャップがありすぎる。

「リゼ、おいで」

公爵さまがわたしを隣の席に呼ぶ。

とろけるような甘い笑顔で。

いやほんとに誰ですか? ぐらいに人が違う。

わたしは公爵さまに手を取られて、着席……させてもらえるのかと思いきや、手の甲にちゅーっとされた。

「可愛い手だな。君より素晴らしい手をしている女性は見たことがない」

この人は何を言ってるんだろう、とあっけにとられ、遅れて理解する。

あ、魔道具が作れる的な意味で?

魔道具大好きなんだなぁ。

でも、そんなに芝居がかってるとちょっと戸惑います。

「私はもう、君がそばにいなければダメなんだ」

演劇でしか聞かないようなセリフを吐きつつ、わたしをすぐ横の席に座らせてくれた。

「話というのは他でもない」

アルベルト王子がチラチラと私たちを気にしながら言う。

「アルテが妹君のことをとても心配していたから、会わせてあげようと思ってね……って、君たち、さすがにそれはいくらなんでも」

アルベルト王子が真顔でツッコミを入れてしまうくらい、公爵さまはわたしにべったりだった。でこにちゅー、ほっぺにちゅー。

腰に手を回し、さらに王子には目もくれずにわたしをじっと見つめている。

わたしの育った下町では、あいさつと言えばキスなので、老若男女問わず、出会った人間には頬にキスをする。

上流階級の人たちはお上品にキスのふりだけか、あるいは手の甲にするんだということを、わたしは公爵さまのお屋敷に住んで初めて知った。

だから公爵さまにちゅーをされるのは何とも思わない。けど、王子様の目の前なのになぁ……人前でいちゃいちゃするのがお貴族様風の、恋愛のやり方なのかなぁ？

「な……仲がいいのはいいけど、まだ始まって一分だから。紅茶も各人に配られてないから。開幕から誰も寄せ付けない雰囲気にするのはやめてくれないかな」

全然違った。

王子様も動揺してる。

わたしもけっこうびっくりしています、と心の中で王子に話しかけた。

「申し訳ありません、殿下。躾のなっていない妹で」

お姉様が扇子を広げて言う。

「私からもお詫びいたします。躾のなっていない妻で」

公爵さまもしれっと言う。

「いや君だよ!? リゼルイーズ嬢もちょっと迷惑そうじゃないか！」

わたしの中でアルベルト王子の株が上がってきた。

こんなにツッコまれてるのに、公爵さまはまったく悪びれもしない。わたしの脇腹に手をかけて、よっこいせ、と持ち上げ、自分の膝に座らせた。

「申し訳ありません。アルテミシア嬢の勝手知ったるそぶりに嫉妬しまして。姉君と張り合うのもおこがましいのかもしれませんが、やはり妻を一番よく知るのは私でありたいものです」

「とりあえず、今君の膝で、無理やり抱っこされた猫みたいな顔をしてるから、そこからまず知ってあげたらいいんじゃないかな……」

もしかしてこのメンツの中で一番の常識人は王子様なのでは。

ていうか公爵さまの豹変（ひょうへん）ぶりにわたしがついていけない。

公爵さまってもっと怖い人だと思ってたんだけど。

性格って行動にも表れるよね。恋人のふりをするにしても、こんな非常識ないちゃつき方するような人には見えなかったんだけどな。

「公爵さま、王子殿下の御前ですから、さすがにいちゃいちゃはやめましょう?」

たまらずわたしがひそひそ声で進言すると、公爵さまも耳打ちをし返してきた。

「しかし、相思相愛なことはアピールしないとならないだろう?」

「や、こんなにベタベタしなくても、会話で十分伝わりますよ」

「そうなのか? 私の兄夫婦はいつもこんな感じだったが」

モデルがいた。

融通がきかない性格だから、知ってる熱愛カップルのやり方をそのまま真似してみたってところなのかな。

「お話で仲良しアピールしていきましょうよ」

「分かった」

公爵さまはうなずいて、わたしを膝から降ろしてくれる。

その間、アルベルト王子は率先して紅茶を淹れてくれた。

王子を堂々と無視してのひそひそ内緒話に、見ないフリしてくれていたとも言う。

泳ぎまくっている視線に、『こいつら何か話通じなそうだからあんまり関わりたくないな』という、切実なニュアンスも感じる。

不敬罪的なもので処分されたらどうしよう? とハラハラするわたしに、王子は気を取り直したように笑顔を見せてくれた。

「ま、まあ。とりあえず一服してよ」

わたしは出された物を形だけ口にした。がっついたりしたら、姉から何を言われるか分からない。

今もじっとわたしを見ている。

「リゼ、わたくしずっとあなたを心配していてよ」

姉が話しかけてきた。

それだけでキュッと喉がしまって、胸がどきどきと落ち着かなくなる。

わたしは姉のことがどうしても怖い。

「いきなり家を出るなんて……お父様もお母様も、心労のあまりやつれているわ。あなたが急にいなくなって、どれだけの人に迷惑をかけたと思っているの？」

わたしは震え出した。そういえば、家に大量の未加工品を残してきている。

あれからもうひと月くらい家に帰ってない。

わたしが仕事に穴を開けちゃって、父母がどんなに怒っているか。想像するだけで恐ろしくてたまらない。

「今すぐうちに帰りなさい」

「申し訳ありませんが、妻の帰宅は許可しかねます」

公爵さまが助け船を出してくれて、わたしは心の底から救われた。公爵さま……

「私は彼女のことを心から愛しているので、今別れさせられたら私は衰弱してしまうでしょう」

……公爵さま、やっぱりちょっとわざとらしい。演技がくさすぎるせいで、バレないかが心配になってきた。

こわごわお姉様の顔をチラリと確かめると——お姉様は、なんだかちょっと頬を染めていた。

おお。公爵さまのイケメンぶりに惑わされているのかな。

よかった。演技はダメダメでも、顔さえよければイケるかもしれない。公爵さまは絵のモデルにしたいくらい顔のパーツがバランスよく配置されてるから、つい視線が吸い寄せられて、目くらましになるのかも。

公爵さまはポケットから魔石を取り出した。

あ、それ、わたしが作ったやつ。

公爵さまはじっと石を見て、そしてわたしを見た。ドキリとするくらい情熱的な瞳だ。

「……彼女なしで、今の私はありませんでした。彼女は私の命の恩人で、目標、そして励ましてくれる友だったのです」

なるほど、彼女（の魔石）、ということですね、とわたしは心の中であいづちを打った。

でも、あの、忘れてませんか。わたしたち、まだ出会って一か月です。さすがにその設定は無理がありすぎます。

声に出せないツッコミをずらずら並べ、わたしは顔で笑って、心で冷や汗をかいていた。

お姉様は頭もいいし、会話もすごくできるので、絶対にツッコんでくるはず——

と思いきや、お姉様はなぜか、わたしが作った魔石の方に注目していた。

公爵さまは姉の視線に気づくと、そっけなく魔石をポケットに入れ直してしまう。

「今の、君の魔石？　なかなかよさそうだね」

王子が魔石に興味を持った。

公爵さまは気取った微笑みで王子に向かって手を広げてみせる。

「とてもいい品です。本当に貴重な物なので、王子殿下にもお見せできません」

「そんなこと言わずに、見せてよ。私が愛用しているのは、アルテに作ってもらった物なんだ」

そして王子が取り出した魔石も……ああ、やっぱり。

わたしが作った物だった。

「【純魔石】だよ。混じりけなしの百パーセントの魔石さ。これが作れる魔道具師は本当に稀少（きしょう）でね。わが国なら少なくとも竜級（ファブニール）以上の実力に相当するようだ」

「竜級（ファブニール）……？」

「わが国の魔術師の十等級だよ。わが国の魔術師はこの十等級のどれかに割り振られているんだ。第七級の魔女級（ウィッチ）にたどり着けるのは魔術を学んだ人間のうちの一パーセント以下、そこからさらに第二級の竜級（ファブニール）にたどり着けるのは、魔女級（ウィッチ）認定者一万人のうちひとりだけだと言われている」

「そうなんですね……数字が大きすぎて、何がなんだか……」

「とてもすごいことだよ。おそらくこれが作れるのはうちの国だとアルテだけなんじゃないかな？」

そうなんだ。

わたしの作った魔石って、そんなにすごい物だったんだ……

王子はキラキラした目で喋ってるから、たぶん嘘ではなさそう。

この魔石、家族の中でも作れるのってわたしだけだったもんなぁ。

それで、作れるようになったころから、お母様が急に怖くなったんだ。

何をしていても——それこそ息をしていても——すごく怒られるようになった。

わたしはそれが本当に悲しくて、せっかく新しい魔道具の技を覚えたのに、褒めてもらえないどころか、理不尽に怒られるの、どうしてなんだろうって悩んで、悩んで……

それ以来、新しい物が作れるようになっても、あんまり人に話さなくなった。

「アルテミシアには魔術師の等級認定試験も受けるように勧めているんだけど、なかなかうなずいてもらえないんだ」

魔道具作ってるのわたしだから、そんなことしたらバレちゃう。

ハラハラしているわたしをよそに、姉は控えめに笑った。

「殿方はランクづけがお好きですこと。でも、わたくしには興味ありませんわ」

「これなんだよ。だからこそ私は彼女が好きなんだけどね」

「殿下ったら」

姉たちがいちゃついてても、わたしは上の空だった。

だって、わたしの魔石はすごいんだって、王子様が直接認めてくれたんだよ。

わたしが作ったって名乗り出られないのだけが残念だけど、それでも、これまでの苦労が報われたみたいで、すごくジーンとしてしまった。

ぼーっとしていたら、目の前に手袋を嵌めた手が生えた。

公爵さまがわたしの視界をさえぎっているのだ。

何かと思って横を振り向くと、ちょっとだけ不機嫌そうな公爵さまがいた。

「楽しそうだな？」

「えっ……ええと……」

「そうだな、柔和で紳士的と名高いアルベルト殿下との会話はさぞ楽しかろう」

「いえ、そういう訳では……」

「たまには私の方も見てもらえないか？」

公爵さまがわたしの頭を抱き寄せて、誰にも聞こえないようにひそひそと囁く。

「見る目がない。君は間違いなく伝説級（レジェンド）なのに」

「！」

わたしは嬉しさと好奇心を抑えきれずに、ひそひそと耳打ちをし返す。

「伝説級（レジェンド）っていうのも、魔術師の十等級なんですか？」

「ああ、その第一級だ。ちなみに私は第二級の竜級（ファブニール）」

公爵位をもらうほどの功績がある人でも、第二位なんだ……と、わたしはちょっと意外に思った。

それなら、わたしなんかが伝説級（レジェンド）になれるとは思えないなぁ。

「そのうち君にも試験を受けさせよう」

た、楽しそう、かも？

いきなり一位になれなくても、自分がどのくらいの実力か知れたら、次を目指す指標になるし。

「やってみたい、です」

「いいだろう。しばし待て」

わたしはなんだかそわそわして、背筋をピンと伸ばして座り直した。

公爵さまのところに来てから、わたしはやりたいことがたくさんできてしまった。

浮かれ気分が顔に出ていたのがまずかったのかもしれない。

ふと気づくと、姉がじっとりした目つきでわたしを見つめていた。

一瞬にして背筋が冷える。

睨みたいのを必死で抑えているのだろうということは、覆い隠したまま絶対に見せようとしない口元から想像がついてしまった。

「ねえ、リゼ、わたくしの可愛い妹？　仲がよろしいのは結構ですけれど、節度はお守りなさいな。出会ったばかりですぐ婚約しておうちにお邪魔するなんて非常識すぎるわ」

「おや、私たちは以前から付き合いがあるのですよ。ご存じありませんか？　私はリヴィエール魔道具店で何度も注文していて、その縁でちょっと……ね」

「まあ、婚前の娘にちょっかいをかけてらっしゃいましたの？　なんて悪い殿方なのかしら。姉として、女性として、ロスピタリエ公爵閣下にも節度を求めますわ。わたくしの妹を愚弄するのもいい加減になさってくださいまし。いったん恋の熱をお冷ましになって、慇懃にしかるべき交際を心がけていただきとう存じます。公爵閣下が真に妹をお預けするにふさわしい方か、お手並みを拝見いたしませんと」

「それはできません」

と、公爵さまはまたポケットから魔石をチラつかせた。

姉の眉がかすかに動く。

……あれって何か意味あるのかなぁ。

「私の心はすっかりリゼ（の魔道具）のとりこですので、たとえ一分一秒だって離れることは考えられません。この（魔道具を作る）手を守る役目は私に務めさせてください」

わたしはまた公爵さまに手を取られた。ぎゅーっと手のひらに握り込まれて、宙ぶらりんになる。

今日の公爵さまはよく触ってくる。

「もしも今無理に引き離されたら、私は正気を失ってしまうかもしれません。彼女を手元に取り戻すためなら、どんなことでもするでしょう」

そして彼はまた魔石を握りしめ、手をかざしてみせた。

それは魔術師が技を使うときの定番ポーズ。

ここまでくれば、鈍いわたしにもちょっと分かる。

これは、つまり、『脅し』だ。

だから姉はさっきから口数が少ないんだね。

いつもならもっと喋って相手を圧倒するのに、何か警戒しているような感じだった。

姉は公爵さまから目を離すと、今度はわたしににこりとした。

姉の笑顔は世界一怖い。悲鳴が出そうになる。

「リゼ、少しふたりで話しませんこと？」

嫌です、と言えたらどんなによかっただろう。わたしに足りないのは、いつもその勇気だった。

わたしと姉は、わざわざ建物の裏まで移動することになった。

……きっとまたぶたれるんだろうなぁ、と、遠い目になる。

人生で初めて姉に暴力を振るわれたのはいつだっただろう？

四つか五つか……わたしと姉はそのとき、糸巻きを持たされて、糸を紡いでいた。

単純作業に、わたしが飽きたと言ってぐずつくと、姉はものすごい形相で私を殴った。

――私だってこんなのうんざりだよ！　いいから黙ってやりな！

姉だって遊びたいさかりの子どもだったろうから、イラついていたのかもしれない。その後も姉はぶつぶつと『お母さんはいつも私に妹を押しつける』とか、『リゼが作った売れない糸の品質を見て怒られるのも私』なんて嘆いていた。

――なんで私が怒られないといけないの。グズのリゼのせいなのに。

わたしは姉に怒られるのが怖くて、雑用をできる限りの品質と速度で仕上げるようにした。

しばらくすると、要領のいい姉は、自分の分もわたしに押しつけるようになったのが、イジメの始まりだったと記憶している。

建物の陰に入り、死角になったのを確認するや否や、姉がすごい勢いでわたしに詰め寄る。

壁に張りつくわたしの前に、姉が立ちふさがり、わたしの太ももをつねる。痛い痛い痛い。

「お前、どういうつもりなの!?」

聞き慣れた怒鳴り声に、わたしは瞬時に縮こまった。

「お前がいなくなったせいで店はめちゃくちゃよ！　わたくしも授業料を払えなくなったわ！　この損失！　いったいどうしてくれるの!?　お前に弁償できるの!?　ええ!?　答えなさい！」

「ひえええええごめんなさいいいぃぃっぃぃぃぃ……!!」

「うるさいわよグズ、締められる前のヒツジみたいに鳴けば許してもらえるとでも思っているの!?」

わたしは滅相もないという気持ちで必死に首を振った。

「今すぐ店に戻ってきて働きなさい!!　さもなければ王子殿下にあることないこと言いつけてお前を処刑台に登らせてやるわ！」

「わっ、わわわわわかりましっ……」

反射的にうなずきかけたあと、わたしはハッとする。

公爵さまも、命令に背いたら死刑にするって言ってた。

お姉様の命令通りにしても……どっちにしても……死んじゃうって……こと!?

真っ青になってまごまごしていたら、姉はよりいっそう強くわたしの太ももをつねりあげた。

「い、いたいいたいいたいです！」

「大きな声を出すんじゃないわよ、本当に酷い目に遭いたいの!?」

わたしは泣きそうになりながら必死に我慢した。

「さあ、戻ったら、公爵さまに、やっぱり一度家に帰ると言うのよ、分かった!?　ほら、返事は!?」

わたしはものすごい恐怖と戦いながら、辛うじて声を絞り出す。

「で、できませぇんっ……!! こ、公爵さま、に、許可なく勝手なことをするなって、きつく言われててぇ……っ!!」

姉は大きなため息をつくと、隠し持っていた小ビンを見せた。

「飲みなさい」

「な……何ですか、これ?」

「あなたは今から持病の発作を起こすの。治療薬は実家にしかないから取りに戻ると言いなさい」

「わたし、持病なんて、ない……」

「これを飲めば発作のような症状を起こして苦しみながらじわじわ死に至るけれど、ちゃんと実家まで戻ってきたら解毒薬を上げるわ」

そ、そんなの絶対飲みたくない。

「分かった?」

迫る姉。手に持つ容器の形状に、わたしは既視感を覚えた。

——このビンは……

暗殺者メイドが持っていた毒薬とそっくり同じだと気づいて、わたしは衝撃を受けた。

「わ……わたしに、暗殺者を差し向けたのは、お姉様だったんですか……!?」

「殺すつもりはなかったわよ。うちに連れ帰ろうとしていただけ。これもそいつらからの貰い物」

疑念が確信に変わり、わたしは震えあがった。

やっぱりお姉様のヒステリーは怖い……！　普通の人がやらないようなことを平気でやる……！

姉から受けた様々な仕打ちが蘇る。姉は頭がよくて、口がうまくて、豪胆な性格で、どんな遊びをしても絶対に敵わなかった。要領もよかったから、わたしをイジメるときも、いつも両親に見つからないようにしていた。

逆らったら酷いことをされる、と、骨の髄まで叩きこまれている。

今すぐ姉の言うとおりに、実家に戻った方がいいのかとまで気弱に考えた。

……でも、と、思ってしまうのは、未練があるからだ。

わたしは公爵さまに出会った。

ピエールくんに出会った。

フェリルスさんに出会った。

クルミさんに出会った。

みんなとってもいい人たちだ。

わたしの魔力ヤケを気にして、少しでもよくなるようにってお世話をしてくれる。

わたしはあの居心地のいい場所に帰りたい。

実家に帰りたくなんてない！

【魔糸紡ぎ】

わたしはとっさに生み出した糸で、姉の手を搦めとった。

「なっ……!? 何をするの!?」

ギリギリと縛り上げ、自由を奪ってから、薬のビンを取り上げる。

わたしはそれを、地面に叩きつけて、割った。

「なんてことを……!」

わたしは後ろを振り返りもせずに、走った。

公爵さまのところに帰るつもりだった。

「【止まれ】」

姉の魔術だ。

姉は昔から、魔道具づくりより魔術に才能があった。

「まったく、二重にも三重にも手間をかけさせて! この糸は何!? 大事な商売道具の【生活魔法(コモン・マジック)】で人を怪我させてはいけないっていつも言われていたでしょうに!」

薬を使おうとしたお姉様に言われたくない……と思ったけれど、魔術の影響下にあるせいで、口が動いてくれなかった。

「仕方ないわね。精神に後遺症が残ることもあるから、使いたくはなかったのだけれど」

姉が近づいてきて、わたしの頭に手をかざす。

「少しお眠りなさいな。今までのことは全部夢だったのよ。悪い夢。起きたらあなたはまた魔道具店のアトリエに戻っていて、何でもない一日が始まるの……」

催眠効果のある魔術だということは、ふわっといい気分になったことで、理解できた。

「来る日も来る日も魔道具を作って、忙しい毎日だったけれど、楽しかったでしょう？　充実していたでしょう？　これからは王家御用達の魔道具店として、もっともっと儲けられるようになるわ……素敵なこと、嬉しいことばかり起きて、悪いことは遠くなる……旋回・転がる・深みの快楽……さあ、まどろみの中に落ちなさい……」

周囲の空気が、いきなり冷えた。

ゆらゆらした幸せ気分はどこかに消えて、頭がすっきりする。

いつの間にか、紫色の魔力のすさまじいオーラがあたりに漂っていた。

誰のものかは一目瞭然。

膨大な魔力で黒髪すら紫色に半ば染まった、氷の彫像みたいな顔立ちの青年が、いつの間にかすぐそばに立っていた。

公爵さまが来てくれた……！

わたしはホッとして、力が抜けかける。

「氷の公爵さま……！」

「なかなか戻ってこないから、心配になってね。どうした？　喧嘩中か？」

「……っ、なんでもありませんわ……」

ここで争うのは得策ではないと思ったのか、姉はあっさり引き下がった。

わたしは公爵さまに駆け寄った。この人のそばにいれば、もう安全だ。

「戻ろうか」

公爵さまに連れられて、お茶会の席に戻る。

姉につねられた太ももは、歩くと少し痛かった。

王子が視認できる範囲に入る。姉はガラリと態度を変えて、明るい笑顔になった。

「お茶が冷めてしまいましたわね！　カップごと替えましょう」

新しいお湯が運ばれてきて、使用人が淹れてくれようとする。

姉がそれを制して、自分でお茶を淹れ始めた。おかしな動きをしないか、わたしなりにじっと見張っていたけれど、特に何もない。

四人分のお茶が配られる。でも、わたしは手をつける気にならなかった。

「冷めるわよ？」

姉が笑顔でそれとなく飲むよう強制してくる。

困っていたら、公爵さまがわざとらしく声を上げた。

「ああ、しまった。この紅茶、砂糖が多すぎた」

「……四つ入れてほしいとおっしゃったのは？」

「ダイエット中だったんですよ。忘れてた。ああ、そうだ、リゼは甘党だったな。私のと交換してもらえるか？」

「わたしのもお砂糖二つ入ってますけど……」

「構わん。まだマシだ」

「ちょっと、お二方」

姉があきれ顔で扇子を振り回す。

「みっともないですわよ。信じられませんわ」

「おや。殿下がただって、ひとつのコップから飲み物を分け合うことくらいあるでしょう？　恋人なのですから」

「さすがにお茶の席ではやりませんわよ。弁えていただけません？」

姉が言い募る姿に必死なものを感じて、わたしは公爵さまの提案に乗ることにした。

「いいですよ、公爵さま。交換しましょう」

「リゼ!?　ああもう、お行儀の悪い……！」

姉は憤ると、わたしのカップに手を伸ばした。

くいっと一気にあおる。

えっ、と目を見張るわたしたちの前で、姉は辛そうに顔をしかめた。

「うっ、なんて甘さなの……失礼、わたくしもあまり甘い物は飲みませんの。口直しをしてまいりますわ」

姉は中座して、そそくさと館の方に行ってしまった。

……まさかとは思うけど、毒バレしないように、自分で飲んで証拠隠滅したとか……？

まさかね。

「リゼルイーズ嬢」

王子は姉がいなくなったのをベストタイミングだと思ったらしく、わたしに話しかけてきた。

「アルテには内緒にしていてほしいんだけど、あの子はとても君のことを心配していたよ。妹にひと目でいいから会いたいといって涙を流していたんだ。あの子はプライドが高いから、私が告げ口したと知ったら怒るだろうけど、本当に心配しているんだよ」

姉はウソ泣きが得意なんです、とは、もちろん言えなかった。

「私も、君は一度家に帰った方がいいと思う。ロスピタリエ公爵も、許してあげてくれないかな？一緒にいたいという気持ちはよく分かるけれど……このままだとご家族の方やアルテが可哀想だ」

「しかし彼女は、アルテミシア嬢に虐待されています」

公爵さまはいつもの無表情で、淡々と反論した。

「まさか。彼女はそんなことしないよ。イジメられているだなんて物騒な嘘はよくないな」

王子は露骨に眉を顰(ひそ)めた。不快そうなこの様子からして、姉のことを信じているんだなぁ。

「戻ってくるときに、リゼの歩き方がおかしいとお思いになりませんでしたか？」

「……いや、よく見てなかった」

「私は見ていました。すぐにピンときましたよ。顔などにアザを残さないよう、見えないところを攻撃したのでしょう。そうですね……コルセットとスカートを膨らませる補整下着の隙間をぬって、素肌に触れるとしたら……」

公爵さまがわたしの太ももに手を置く。

「このあたりでしょうか？」

「いっ……!!」

わたしはもう少しで悲鳴を上げるところだった。

「ああ、痛かったか？　すまない。あとで治療師に診せるから、しばらく我慢してくれ」

公爵さまがわたしを労わるように背中をさすってくれる。

うう、でも、まだ痛い。

これだけ痛いなら、たぶん、紫色になっていると、思う。

「さあ、リゼ。王子殿下に先ほど何をされたのか、正直に言ってみなさい」

それを白状しちゃったら、姉から恨まれて殺されるかも……とチラリと思ったけれど、公爵さまの命令に逆らうのもなんなので、素直に打ち明けることにした。

「さっき、お姉様に物陰で、薬を飲まされそうになりました。持病が悪化したように見せかけて、家に連れ帰るつもりだったみたいです。ビンは揉み合ううちに奪い取って、叩き割りました。……まだ破片が草むらに落ちているかもしれません」

「薬、か。先ほどアルテミシア嬢がリゼに飲ませようとして失敗し、慌てて自分で飲み干したのも、同じ薬なのではないか？」

「分かりません……あの紅茶には、薬が入っていたのでしょうか？」

「そうだと思うぞ。彼女、誰にも分からないように、【目くらまし】の魔術を使っていた。私の目は誤魔化せなかったが」

王子はショック状態から抜け出して、軽く頭を振った。

「……アルテがそんなことをするはずはない」

わたしは憂鬱になる。

それは姉から嫌がらせをされたと訴えたとき、決まって周りの大人が言っていたことだった。

母は特に姉が気に入っていて、姉とわたしの間で喧嘩があれば、必ず姉の味方をして、わたしを叩いた。

「そ……そうだ。アザも、前もって君たちがつけておいたんじゃないか？　薬だって、気づかれないようにビンを割っておくことはできる。この目で見ていない以上、証拠とは言えない」

公爵さまはいつもの無表情で、淡々と返事をする。

「信じていただけませんか。それなら私の答えはひとつです。私がリゼをアルテミシア嬢や実家の下に戻すことは絶対にありません」

公爵さまはうっすらと周囲に紫色の魔力のオーラをまき散らした。

「今度邪魔しようとしたら、殿下といえども容赦しません」

冷え冷えとするような無表情だった。

そして次の瞬間には、公爵さまはころりと態度を変えて、わたしの肩を抱いた。

「可哀想に、痛かっただろう。姉と会うのも酷く怖がっていたのに、無理やり連れ出してすまなかった。これからは何があっても私が守るから、安心してほしい」

わたしはなんだか照れてしまって、うまく返事ができなかった。

え、演技……だよね、これも。

「私たちはこれで失礼いたします。アルテミシア嬢にはくれぐれも、リゼに手を出したら承知しないとお伝えください」

公爵さまは椅子に座っているわたしを担ぎ上げると、横抱きにした。

「こっ、公爵さま、わたし重いですよぉっ……！」

「重いというのは、もっと体重をつけて背を伸ばしてから言うことだな」

「ちょ、ちょっと人より小柄なだけで、重いことは重いんですってばぁっ！」

公爵さまはわたしの抗議を無視して、馬車までわたしを運んでいった。

馬車が走り出し、座席が揺れる。ズキズキ痛むので身を固くしていたら、わたしは隣の公爵さまに顔を覗き込まれることになった。

「まだ痛むか」

「その……大丈夫です。慣れているので……」

公爵さまの冷たい無表情に行き当たり、わたしは恐縮してしまった。

やっぱりあの笑顔の大盤振る舞いは、お茶会で恋人のふりをするためのものだったのかな。

笑ってない公爵さまは怖い。

「打ち身程度なら五秒で治せるが、私に診せられそうか？」

「診せるって……あの」

「患部を見なきゃ治せるものも治せないが。診せられるのなら、今ここで治してやることもできる」

オープンカー式の馬車だから、前から見ると中が覗ける。

患部を見せるとなると、スカートをまくりあげるか、その中に頭を突っ込んでもらうか、どっちかになる訳で……

わたしは勢いよく首を振った。ぶんぶんぶんぶん。

「ええと……豚肉で言うと……ハム？　みたいなところなので、ちょっと診せられません！」

「なんで豚肉で言うんだ」

「分かりやすいかなって」

「何を言ってるんだ君は」

公爵さまはしばらく笑っていた。

「帰ったら治療師を呼ぶが、我慢できなくなったら言いなさい」

「ほ、ほんとに大丈夫なので」

「それと、今後のために忠告をしておく。第一王子に気をつけなさい」

「は……はい」

「彼の言うことを信じるな」

がむしゃらにうなずきつつ、わたしはアルベルト殿下の常識的な発言の数々を思い出していた。

悪い人じゃなさそうだったけどな。お姉様に騙されてるのだとしたら、ちょっと気の毒なくらい。

わたしの物思いが顔色に出ていたのかどうかは分からない。

公爵さまはむすっとした顔で、さらに強い口調になった。

「君は私の命令だけ聞いていればいい。分かったな？」

「……はい」

公爵さまがいい人なのは間違いないので、それが確実かな、と思い直した。

すると、公爵さまは――

「よろしい」

ちょっとだけ、微笑んでくれたのだった。

……いつも笑っていてくれると、接しやすいんだけどなぁ。

おうちに帰りつくと、公爵さまはさっさとわたしを抱き上げた。

ベッドまで運んでいく途中でピエールくんやクルミさんが目を丸くしているのが見えたけれど、公爵さまは頓着せずに治療師を呼びにいってしまった。

「いかがなさいましたか？」

クルミさんがたじろいでいたので、事情を説明して、ひとまずドレスを脱がせてもらう。

そうじゃないかと思ってたけど、つねられたところの皮膚には青アザが浮き、血がにじんでいた。

「まあ、酷い……さぞお辛かったでしょう」

うん、まだズキズキする。でも、心配してもらえたことで気持ちはだいぶ楽になった。

「……ご主人様、遅うございますね」

公爵さまは長いこと戻ってこなかった。わたしは病人みたいに寝かしつけてもらってるから平気なんだけど、だいぶあとにお部屋に顔を出した公爵さまは不機嫌だった。

「どうもどこかで事故が発生したそうで、捕まらんらしい」

公爵さまはジロリとわたしを睨む。

「バカバカしくなってきた。私が治せれば手っ取り早いんだが、診せられそうか？」

「え、ええと、はい……」

わたしは公爵さまの怖い顔の圧力に負けて、足を晒す覚悟を決める。

「あ、あの、た、大した足でなくて申し訳ないのですが……」

公爵さまは虚を衝かれたらしく、いくらか置いて困惑したような声を出した。

「……治療だぞ？　下心はない」

わたしも自分で何を言っているんだとは思ったけれど、照れくささに負けてさらに余計なことを口走った。

「なんていうか、わたしのはひと冬越して小さくなったハムみたいなものなので……！」

「だから何でハムなんだ」

「しょ、将来は、お店の軒先に堂々と吊せるような、立派なハムを目指してがんばります……！」

「ハムの品評会じゃないんだぞ」

公爵さまの怒りは長続きしなかったらしく、最後には噴き出していた。

「……まあ、私が憤ってもどうしようもない。辛いのは君だからな」

同意を求めるように柔らかな調子で言われ、わたしも少し肩から力が抜けた。

「それだけ軽口が叩けるなら大丈夫だろう。もう少し探してくる。気が変わったら呼びなさい」

出ていく公爵さまの後ろ姿を見ながら、思う。

この人、こんなに心が広くて海みたいなのに――

なんで顔は怖いんだろう？

幕間 リゼが家に来てからのディオール

変な娘を拾ってしまった。

ディオールはリゼのことを、親にこき使われて殺される寸前の可哀想な娘だと思って拾ってきた。怯えている様子などは、ストレス下で重労働を強いられていた奴隷たちと間違いなく同じものだったし、洗脳もすぐには解けないだろうと思っていた。

しかし彼女は、予想をことごとく裏切って、のほほんとしている。

普通、あれほど強く虐待されていたら、自由意志のようなものはほとんど見せなくなる。口が利けなくなる者もいれば、無気力になる者もいる。はっきり命令しなければ衣食住にも遠慮するので、あえて強く言うように心がけた。

しかし彼女は、大口を開けて肉を食らうわ、フェリルスと大喜びで遊ぶわ、しまいに暗殺者を機転で撃退するわで、つまり非常に元気そうだ。

たくましいと言うべきか、大物だと言うべきか。

型にはまらない不思議な娘だった。

身なりを整えさせて、それなりの服を着せたら、ずいぶん変貌したのにも驚いた。しかし本当に面白かったのは、自らの可愛らしさなど一顧だにしないあの態度の方だ。もしかしたら、人から可愛いと思われている可能性などまったく考えていないのかもしれない。

たとえばディオールの妹なら、ドレスアップした日には、借りてきた猫のようになる。というより、ほとんどの少女がそういうものなのではないか。少女といわず、アゾット家に出入りする女性たちは揃(そろ)って美意識が高かったので、食事にがっつくようなタイプはひとりもいなかった。

――これが変な娘でなくて何だろう。

少なくとも、これまでに出会ったどの少女よりも格段に付き合いやすい。会話の端々に気の抜けたユーモアも感じさせる。

しかもこのとぼけた娘が、あのリヴィエール魔道具店の製作をほとんど引き受けていたというのだから、驚くよりほかはない。

ディオールは昔からリヴィエール魔道具店の作る物が好きだった。なので、魔道具が必要なときは積極的に利用した。

どれを作らせても素晴らしいので、店主夫妻が最高の腕をしているのだと信じて疑わなかったし、姉がいい物を作ると王子経由で聞かされたときには、一家揃って才能があるのかなどと感心したものである。

しかし実態は――

「だいたいわたしの作った物ですね。あの燭台(しょくだい)とランプと……応接間のバナーとタペストリと、カーテンも」

「カーテンまで……?」

「【生活魔法(コモン・マジック)】があるので、手作業よりはずっと早く終わります」

少し聞いただけでは信じられないようなことばかり言うが、実際に、とんでもない技術を持っているのだ。

【時間加速(スピードアップ)】を始めとして、複雑な魔法をいくつも操る姿は、人外としか言いようがない。

時間加速(スピードアップ)が使える者、単調な魔術の多重起動(マルチアクティベート)ができる者はまれに存在するが、それをすべて一度に――となると、熟練の魔道具師でもなかなか困難なのではないか。いたとしても、練度不足でとても彼女のようには製作できないだろう。

外装・細工の腕も相当だが、やはり特筆すべきは【魔術式】の洗練度だ。

姿が透明になるアーティファクトはおとぎ話によく登場するが、実際に作れる者など皆無だ。かくいうディオールも、【風景同化】の魔術の劣化版は使うこともあるが、完全な魔術を戦場で使う余裕はない。詠唱に時間がかかりすぎ、維持に意識を取られすぎる。あらかじめ念入りに準備しておけば、透明化だけはできるかもしれないが、他の魔術が使えなくなったのでは意味がない。

姿の見えない人間に襲われることなど、人類はこれまで想定してこなかった。

あれが実戦に投入されたら、ほとんどの部隊は為(な)す術(すべ)もなくやられるだろう。

足元に透明な罠(わな)がしかけられていれば避けることはできないだろうし、伏兵が潜んでいてもまず見抜くことはできずに囲まれるはずだ。

見えないメリットを活(い)かして大きく後ろに回り込み、大魔術を使う人間から暗殺していけば、敵の無力化がほぼ完了する。

あれほどの恐ろしい兵器を、当の本人は『ついとっさに作ってしまった』と言ったのだ。『最近、

【幻影魔術】つきの魔道具をよく作ってたので』と。

――知れば知るほどとんでもない子だ。

これだけの才能がある少女を埋もれさせているのはまずい。国の、いや世界の損失だ。

誰かが保護しなければならなかったのだ。

まだ潰れていないうちに見つけることができて、本当によかった。

いずれ彼女は、歴史に名を残す魔道具師になるだろう。

彼女がどんな風に成長するのか、今から楽しみでならない。

遠慮がちで怯えた態度も、時が解決してくれる。

会話の端々に覗く憎めない性格の片鱗が、十全に発揮されるようになったら、もっと魅力的な子になると踏んでいた。

それには保護者が必要だ。

だから――と、ディオールは思う。

「あの……公爵さま、この手は……？」

「王都のこのあたりは人が多く来るからな。はぐれないようにだ」

「な……なるほど……？」

リゼを連れてショッピングをするようなときは、やはり誰かが手を引いてやらなければならないだろう。

第二章 リゼ、新作発表会に招待される

学園の庭で、アルテミシアはひとりぽつんと芝生に座っていた。ここは虫が湧きやすいので、生徒たちはこのあたりに入ってこない。ひとりになりたいときにうってつけのスポットだ。

アルテミシアは先日のお茶会のことがどうにも腹に据えかねていた。

――何なのかしら、あの男！

アルテミシアは妹を連れ戻せなかった。

それどころか、ロスピタリエ公爵から暗に脅しまでかけられる始末。

彼がお茶会の最中、わざとらしく妹の魔石を取り出したときなど、背筋がゾッとした。

アルテミシアは魔道具に興味がないが、デザイン関係は目利きができる。妹の作風だということはひと目で分かった。そして、おそらくロスピタリエ公爵自身も、作者が妹だと気づいている。会話の端々にそれを匂わせていた。

妹が魔道具づくりの天才だと、彼は勘づいている。

何も知らないのは、アルベルトだけなのだ。

いつ秘密を暴露されるのかと思うと、生きた心地がしなかった。

アルベルトが自分の魔石を出したときなど、もうダメかと思ったくらいだ。

【魔力紋】を機械で分析されてしまえば、そのふたつに妹の【魔力紋】がかすかに混ざっていること

とがバレてしまうところだったのだ。しかし、ロスピタリエ公爵はなぜかそうしようとはしなかった。アルテミシアにだけ分かるように脅しをかけた程度で済ませている。

——殿下には知られたくない……のかしら？

ロスピタリエ公爵は現国王のお気に入りなので、第一王子の派閥に与する必要がない。

魔道具好きのアルベルトに妹の存在を悟らせたくないのは、彼も同様なのかもしれない。

もしも妹のことを知ったら、アルベルトはどうするだろう。

想像するだけで、黒い嫉妬の炎が燃え上がる。

——殿下がリゼを好きになるなんてありえないわ！　あんな冴えないうじうじした小娘、何の魅力もないじゃない？　わたくしの方が女として何もかも格上！　勝負にもならない!!

アルテミシアは小さいころから泣き虫でどんくさい妹が大嫌いだった。無性にイジメてやりたくなるのだ。少しくらいはガッツを見せてやり返してくればいいのに、強く叩かれただけですぐにメソメソするから、ますます不快になる。泣いていれば誰かが助けてくれるとでも思っているのだろうか？　本当に愚かなことだ。自分の運命を切り開くのは、自分の力以外にないというのに。

アルテミシアは手を尽くして、王子の婚約者にまで成り上がった。泣いていただけの妹に何ができた？　何もできなかったじゃないか。

あんな馬鹿でグズで使えない娘は、アルテミシアの奴隷でもしているのがお似合いだ。ぐるぐるぐるぐる同じところをせわしなく回るコマネズミみたいに、一生泣きながら魔道具でも作って暮らしていればいい。

せっかく妹に似合う舞台で飼い殺してあげようとしていたのに、ロスピタリエ公爵が邪魔をした。

彼は何様のつもりなのだろう？　可哀想（かわいそう）な女の子を助ける王子様？

ただ泣いていただけの愚かな娘が幸せを手にするなんて、そんなことは許さない。

絶対に取り戻して、泣き虫にふさわしいみじめな境遇に閉じ込めて、イジメ抜いてやる。

――次はどうやって妹を取り返そうかしら。

アルテミシアが攻めあぐねている間にも、時間は刻々と過ぎていく。

王子から言いつけられた新作ドレスの期限が迫っていた。

「【カメレオンドレス】の開発はどう？」

アルテミシアはもっともらしい事情を添えて、捗（はかど）っていないと伝えた。

アルベルトが穏やかな表情をわずかに翳（かげ）らせた。

「珍しいね。君がこんなに手こずるなんて」

「リヴィエール魔道具店は、家族で支え合ってきたお店なのですわ。誰が欠けても、うまく行かなくなってしまうのです。わたくしひとりでは、やはりなかなか……」

「そう」

アルベルトは不思議と、いつも以上にアルテミシアの顔色を窺（うかが）うようなそぶりだった。

「……実際のところ、リゼルイーズ嬢はどのくらい優秀だったの？」

アルテミシアは間髪容（い）れずにこりとして答える。

「あの子は雑用しかできませんわ」

美しい青の瞳と見つめ合うこと数秒。

「そう。リゼルイーズ嬢も、早く戻ってくればいいんだけど」

──もしかして、もう妹の才能に気づき始めている？

アルテミシアは焦りを深めた。

──まずいわね。そろそろ何かしらの成果は出さなければ。

そこで、アルテミシアは週末を利用して、妹のアトリエに行くことにした。

リヴィエール魔道具店は店じまいをしており、ひっそりとしていて、真っ暗だった。

父母への挨拶もそこそこに、着くやいなや、妹不在の部屋に勝手に立ち入った。

ノートを漁る。

これは妹がまだ研究途中のものを記した落書き帳だ。

──ここに何かヒントがないかしら？

妹はグズで要領が悪いので、姉のアルテミシアが数日でできることに、何か月もかけていることがあるのだ。

以前も、妹がちんたらとレポートをためていたものを、アルテミシアがさっさと商品化してあげたことがある。

わが国の服は紐で細かく結び合わせて着るのが一般的だが、よその国にはもっと楽なスタイルがいろいろとあるようで、うまく取り入れられないかと試行錯誤していた。

アルテミシアは妹のまとめたものを丸ごと真似して、伸縮性のある生地や、複雑に嚙み合う留め具の魔道具を社交界で流行らせたのである。

妹は『安全性のテストが済んでないから流通はまだやめてほしい』などと言っていたが、殴ったら大人しくなったし、アルテミシアは一躍脚光を浴びた。

——もしかしたら、あのときみたいに、【魔織】の研究も書き残しているかもしれないわ。

しかし妹の残したノートは膨大だった。

全部読むとなると何日かかるだろう。

——やるしかないわね。

アルテミシアは猛スピードで飛ばし読みした。しかし、すべてに目を通してもそれらしい記述は見つからない。

それどころか、【魔織】関係の書き込みが何もないのだ。

妹はドレスを多く作っているので、製作途中のメモがまったくないなんてことはありえないのに。

——隠しているのかしら?

以前のことで懲りて、アルテミシアに見つからないようにしている可能性はある。生意気で腹が立つ発想だが。

アルテミシアはアトリエをチェックして回り、やがて床下からさらにノートを発見した。

「……見つけた!」

そしてアルテミシアは、魔力だけで糸を紡ぐ【魔術式】の走り書きを見つけたのであった。

これこそアルベルトが探していたものだ。

【魔術式】が丸ごと残っているのなら、アルテミシアにだってコピーで完成させられる。

——総魔力製の【魔糸】さえあれば、とりあえず研究の第一段階はクリアしているはず。

これを持っていけば、アルベルトも彼女の重要性を理解するだろう。

名誉の挽回もできる。

アルテミシアは残りの時間で、【魔織】のサンプルの作成に精魂を注いだ。習熟には多少の訓練を要したが、妹にできてアルテミシアにできないことなどない。休みが終わるころには、それなりに形になった。

翌週、アルテミシアは学園に戻り、できあがった布をアルベルトに見せた。

「素晴らしい！　すべて魔力で編まれているのか……なんて画期的なんだ」

「あとはここに、周囲の環境をリアルタイムで取り込む技術があれば完璧なのですが……まだ研究のとっかかりすら摑めない状態です」

「いや、この布だけでもかなりの前進だよ」

アルベルトが感心したように言う。

「完璧な物でなくても、戦場に合わせて色を変えるだけで、伏兵戦は格段にやりやすくなる。もちろん、擬態の精度は高ければ高いほど望ましいけどね。そうだな、幻影系の魔術が得意な者も開発に巻き込めば、すぐにいい物ができてくるはずだ。ともかくも、土台となる物を完成させてくれてありがとう」

アルベルトの喜んでいる顔が見られただけで、アルテミシアは幸せだった。

「とりあえず、この布の有用性を宣伝するために、パーティを開こう。そこで製作者の君のことも売り込もうじゃないか」

「まあ、ありがとうございます」

アルテミシアは着実にステップを上がっている。

栄光の王妃という名の階段を。

姉との地獄のお茶会からしばらくあと。

時間の経過でわたしもだいぶ恐怖が薄れてきた。

「筋肉はっ！」

「裏切らないっ！」

独特な掛け声を出し合って、わたしとフェリルスさんは夜明けに庭でランニングしていた。

「よぉぉぉぉぉし、走り方やめ！　今日は三キロも走るなんて、やるじゃないか！」

「あっ……ありがとうございます！」

フェリルスさんのお散歩係としても、わたしはちょっとずつ力をつけていた。

「庭の一周でひーひー言っていたとは思えん進歩だ!!　褒美にっ!!　俺をブラッシングする権利をやろうっ!!　アオォーンッ!!」

「ありがとうございますっ!!」

「俺の毛は病気に効くらしいからな！　集めて大事に取っておけっ!!」

「貴重な物をくださってありがとうございます！」

「よせそう褒めるな！　ワオォォォーンッ！」

フェリルスさんとの会話はいつも大きな声でしないと怒られるので、最近会話を噛んだりつっかえたりもしなくなってきた気がする。

「あーそこそこ！　いい感じだぞリゼ！　顎の下だ！　そう！　そうそうそう！」

あおむけになり、身体をくねくね、尻尾ぱたぱたしながら喜ぶフェリルスさん。

わたしはフェリルスさんのもっふもふの毛をたっぷり撫でさせてもらって満足だった。

魔狼の毛、あとで成分分析してみたい。

外が完全に明るくなるころには郵便物が仕分けされ、各部屋に届けられる。

わたしのところにも、珍しく手紙が来ていた。アルベルト第一王子からの招待状だ。

「え……わたし宛てですか？　公爵さまではなく？」

「おふたり宛てであると思いますが……確認してまいりましょうか？」

「お願いします」

クルミさんに行ってもらっている間、わたしは招待状を読んだ。

今度の舞踏会で、新種の【魔織】のお披露目会をするのだそうだ。

『夢の素材、すべてを魔力だけで編んだ【魔織】は可能性が無限大……』

わたしは急に嫌な予感がしてきた。

クルミさんが公爵さまを連れて戻ってきてくれたので、わたしは「読んでください」と手渡した。

公爵さまはひと通り読み終えると、いつもの無表情でわたしを見る。

「おそらく、原理としては君がこの間作っていた【姿隠しのマント（タルンカッペ）】と同じなのだろうな」

「はい」

「これも君の発明品か？」

「……だと思います。お姉様は、前からわたしの研究を盗んでいたので……」

姉は一瞬で自分の成果に繋（つな）げたことを誇り、『お前の要領が悪いのよ』といつも馬鹿にしていた。

『このくらい誰にでも分かるでしょ？』とか、『この程度ちょっと調べればすぐにできるんだから偉そうにしないで』なんて言って。

人から盗んだ成果だから苦労が分からないのはしょうがない。

でも、少しくらい『ありがとう』とか『地道に研究できるなんて偉いわね』と言ってくれたら、わたしだって嫌な思いはしなくて済んだのに。

感謝しないどころか、無駄なことだとバカにするなんて、いくらなんでもあんまりだ。

「姉は昔から、地道な調査や研究に打ち込むわたしを馬鹿にしていました。だから、姉にあの布が作れたとは思えません」

「そうか。……悔しいな。卑怯（ひきょう）者（もの）が評価されて、君が日陰にいる」

「いえ……公爵さまにそうおっしゃってもらえただけで、わたしは十分です」

わたしはあの家で、ずっとみじめだった。

でも今は、わたしのことを大切にしてくれる人たちがいる。

あの辛い日々が公爵さまに出会うためのものだったなら、わたしはとても報われている。

「それより問題は、あの【魔織】の研究が不完全だってことです。最悪、死傷事故が起きて、被害者が出るかもしれません」

「どういうことだ?」

「あの【魔織】、すごく、燃えやすいんです」

わたしはその場で【魔糸紡ぎ】をして、織り込み、十センチ四方くらいの【魔織】を作った。

「【魔糸】の構造的な問題で、ちょっとした火炎系の魔術に反応して、引火を起こします。魔術の火を作って、少しずつ近づけてみてもらえませんか」

公爵さまは手元に火を持つと、少しずつわたしに近づけた。

十センチくらいのところで、ボッと【魔織】が燃え上がる。

【魔織】は一瞬で跡形もなく消え失せた。

「お姉様、もしかしたら、引火防止の【魔術式】も一緒に組み込めたのかも? わたしはそこまで行かなかったんです。もしも行ったのなら、画期的な技術だと思います」

「できていなければ、最悪人死に、という訳だ」

公爵さまは、はぁ、とため息をついた。

「行って確かめるしかないな。王宮なら全域に魔術禁止の結界が組まれているから、そうそう事故にはならないと思うが……」

「中止にすることはできませんか？」

「それは無理だな。危険性を説いて耳を貸す相手じゃないだろうし、強権的に言うことを聞かせるコネもない」

　万が一事故が起きてしまったらと思うと、わたしは黙っていられなかった。

「公爵さま、お願いがあります。魔道具を作れるように、少し工具類（ツール）を揃（そろ）えてほしいんです」

　公爵さまはとたんに不機嫌な顔つきになった。

「……君は病気療養中の身だぞ。まだ魔道具の製作は認められない」

「でも……」

　わたしの発明した物で誰かに傷ついてほしくない。

「王宮は、魔術が禁止なんですよね？　でも、魔道具ならどうですか？」

「……魔道具なら発動する」

　そうだろうと思った。一般的な結界はそうなっているから。

「なら、万が一のときのための、魔道具を作っておきたいです。お願いします」

　公爵さまはわたしの顔をじっと見つめていたけれど、急に手を伸ばしてきた。

「……だいぶ顔色がよくなったな」

　頬に触れる。

「はい！　とってもよくしていただいたので、元気になりました」

公爵さまは無表情を崩して、少し笑った。

「……必要な物を書き出してメイドに渡せ」

「クルミさんですね」

「ピエールでもいいが。だが、これだけは言っておく。無茶をするようなら、すぐに取り上げるからな」

「はい！」

言葉の上では怖かったけれど、公爵さまの柔らかい表情で、怒っていないことが分かった。

――久しぶりの魔道具づくりに向け、わたしはその日一日、頭の中で回路を組み立てて過ごした。

あまり日もないことなので、突貫作業で進める。

一瞬で火を消し止める魔道具。つまり、発火する温度以下まで冷やし、火の【魔術式】を無効化する【魔術阻害】を組み込んだ物だ。

当日までに、魔道具はなんとか形になった。

そして迎えた新作のお披露目会。

わたしは人生で初めてお城の大広間に来た。

うわー、すっごい……

天井が絵画で一面埋め尽くされていて、つい上を見上げてしまう。ずっと見ていたいくらいだったけど、首が痛くなりそうだったのでやめた。

受付で、さっそく【魔織】を渡される。

「こちらは着用者の気分によって色が変わる夢の布です。男性にはマントを、女性にはケープをお貸ししております。ぜひ羽織ってみてください」

会場に入ると、思い思いに色を変えて遊んでいる人たちがたくさんいた。

わたしもさっそく羽織りつつ、解析開始。

糸を一本出して、じっと見つめる。

端っこを切ってこする。

ほぼ全部わたしがノートに走り書きしていた内容と同一だった。

わたしは公爵さまに向かってひそひそ内緒話。

「まずいですこれ、燃焼防止かかってないです」

「見ただけで分かるのか？」

「外に持ち出して、軽くあぶってみましょうか？」

公爵さまはわたしを建物の外に連れてってくれて、試しに自分のマントに火をつけた。

瞬時にボッ！　と全体が燃え広がった。

メラメラとすごい勢いで炎が上がり、すぐに燃え尽きて、真っ黒な炭が残る。

「……これ、【魔織】自体はすぐに燃え尽きますけど、その火が普通の服に燃え移ったらまずいですね。一瞬で不死鳥みたいになりますよ。綿などは燃えにくいですが、【魔糸】になっていれば少し強度が落ちます。今どき純粋な天然繊維製のドレスを着ている人も少ないでしょうし」

わたしがケープをばっさばっさと広げながら言うと、公爵さまはフフッと微笑(ほほえ)んだ。

「不死鳥か……君は面白いことを言うな」

「面白がっている場合じゃないと思うのですが……」

公爵さまは微妙に笑いを引きずりながらも、うなずいた。

「分かっている。事故は必ず防がなければ」

「と……とにかく、火気に注意しましょう」

「結界があるから、そうそうないとは思うが……」

王宮の明かりは魔術ではなく、蠟燭、もしくは魔道具だということを公爵さまが説明してくれる。

わたしはこの日のために作ってきた魔道具をひとつ、公爵さまに手渡した。

筒状の見た目をしたそれは、ひと言で言うと消火器だ。

「これは水の魔術が封じ込められています。人に向けて撃てるように、威力を調整したので、燃えている人がいたら撃ってください……って、公爵さまはどうして笑ってるんですか？」

「いや……君が背負っているその不思議な筒、何だろうと思ってはいたんだが、このためにわざわざ家から背負ってきたのかと思うと、愛おしくてな」

公爵さまはわたしの頭をよしよしと撫でてくれた。

「う……けっこう大きいので、他に持ち運びの方法が思いつかなくて……」

「君なりに一生懸命だったんだろう」

公爵さまは完全に珍獣を愛でる目つきでわたしを見ている。

「分かった。会場では私も魔術を制限されるから、ありがたく使わせてもらおう。しかし、人にそれは何かと聞かれたらちょっと困るな」

「婚約者から押しつけられたと、普通に言えばいいのではないですか？」

「……いや、君がいいならいいんだが」

公爵さまは微妙なニヤニヤ笑いをこらえきれない顔で、わたしの腰を抱いた。

「では行こうか、可愛い婚約者どの」

わたしは、あれ、と思った。

「恋人のふりは、この間のお茶会でもう終わったんじゃなかったんですか？」

「まあ、いいじゃないか」

「えっと……」

公爵さまはいたずらっぽく、わたしの顔を覗き込んだ。まるで面倒見のいい兄のように、優しい声で言い聞かせてくれる。

「私たちの婚約事情を人に詮索されて、いちいち詳しく説明する義理もないだろう。普通に好き合っているから婚約したと言った方が手っ取り早い」

「……それもそうですね」

「では決まりだな。君は私のかけがえのない大事な恋人だ」

甘ったるい公爵さまの笑顔を見ながら、わたしは「大丈夫なのかなぁ」という気持ちを捨てきれずにいた。

公爵さまの恋人演技、わざとらしいからなぁ。

一抹の不安を抱きつつ、公爵さまにぴったりと抱き寄せられて、また会場に戻る。

「公爵さま……」

「ディオール」

公爵さまから訂正が入った。

「恋人なら名前で呼んでやってくれ」

「では、ディオール様」

「どうした、リゼ」

公爵さま、顔が近い。

そんなに顔を近づける必要あるのかなぁ……恋人ならあるのかも。

「わたし、なんだかすごくいろんな人から睨まれてる気がするんですが」

「ああ……」

公爵さまは面白くもなさそうに大広間からこちらを見ているドレス姿の女性陣を一瞥し、うんざりしたように言った。

「気にするな。新入りはみんなそうなんだよ。社交界は狭いからな」

「そうなんですか……」

わたしは姉のことを思い出して、ほろ苦い気持ちになった。

……確か、お姉様も、魔法学園に入学した当初は、庶民の分際でって言われてたんだよね。自分でそう言ってた。

お姉様は強気に跳ね返したらしいけど、つくづくわたしは学園に行かされなくてよかった。絶対に向いてないからねぇ。

「新入りはトラブルに巻き込まれやすいから、なるべく私のもとを離れないように」

わたしは公爵さまに手首を取られて、ひじを摑まされた。

「手はこう。ずっとしがみついているといい」

「わ、分かりました」

これが貴族のご令嬢の仕草なんだね。わたしもがんばって真似しよう。

初参加で緊張しているわたしにはお構いなしに、いろんな人が、公爵さまにごあいさつをする。

若くて綺麗な貴婦人の三人連れが、扇子を広げながら笑った。

「それにしても、ロスピタリエ公爵が女の子連れでくるなんて」

「その子が例の婚約者ですの？」

「ああ。可憐だろう？」

公爵さまはとっても愛おしげに、わたしのこめかみへとキスをした。

女の人たちから悲鳴のような声が上がる。

「うっそでしょ」

「あのロスピタリエ公爵が!?」

「あらあら……お気をつけあそばせ。今まですげなく袖にした女たちから串刺しにされないように」

おほほほ、と示し合わせたように笑う女の人たち。

『袖にする』ってどういう意味だろう？　上流階級の言葉なのかなぁ。

不思議に思って公爵さまの袖口を見ていたら、手でくいっと顎を持ち上げられた。

公爵さまがはちみつ漬けの桃より甘い笑顔を見せる。

「言われずとも。この子は特別だからな」

巻き起こる阿鼻叫喚の悲鳴。

すると、遠くからとびっきりの美少女がずんずんと早足でやってきて、うっすらと涙の浮く瞳で気丈に公爵さまを見上げた。

「その方がディオール様のお選びになった方なのね？　本当に可愛らしい方」

いやぁ、こんな綺麗な子に可愛いなんて言われると照れちゃう。

「でも、わたくし納得できませんわ！　わたくしの方がずっと長くお慕いしておりましたのに！　ロスピタリエ公爵にふさわしい女になろうと努力しておりましたわ！　なのに――」

はらはらと涙をこぼす美少女。

わたしはびっくりしすぎて、パニックに陥った。

「だ、そ、そんな、泣くほど……」

「泣いてはいけませんの!?　真剣でしたのよ！」

ほろほろ涙を流し続ける美少女に、わたしは速攻でほだされた。え、こんな可愛い子に好かれてるのなら、わたしと婚約してちゃダメじゃない？

わたしは公爵さまに婚約してもらって本当に助かったけど、だからって、公爵さまの良縁を邪魔しちゃいけないよね。

「い、いや、あの、わたしと公爵さまは、本当に結婚する訳じゃなくて、ただの、偽装こ――」

そこでいきなり公爵さまに口を塞がれた。

「失礼。私の愛するリゼがあなたに何か妙なことを申し上げたようだ。代わりにお詫びしよう」

にっこり笑って、わたしの耳元に唇を寄せる。

「打ち合わせ通りにやれ」

「ひゃ……ひゃい」

わたしは逆らわないことにした。

「名前を呼んで、私を見ろ」

わたしはオロオロしながら、小さく「でぃ……ディオールさま？」と呼んだ。

公爵さまがわたし以外何も目に入らないというように、正面から見つめて、頬に手を添える。

「どうした、私の可愛いリゼ。人ごみに疲れたか？　初めてのパーティだからな。二人きりになれるところに行こうか」

ほぼ見せつけてる状態のわたしたちに、女の子は泣きながらどこかに行ってしまった。

「あ……あの、よかったんですか？　あの子、あんなに泣いて……」

「あとでフォローする。リゼは何も心配しなくていい」

あ、そうなんだ、と、わたしはホッとした。

それにしても、公爵さまはちょっとベタベタしすぎのような。

「リゼ」

公爵さまが私の名前を呼んで、頬にキスをする。

――会場から悲鳴が漏れ聞こえてきた。

「今日の君は格別に可愛いな。あまり見ないドレスだが、新調したのか？」

「これは、わたしが自分で……」

公爵さまのくれるドレスはどれもちょっと胸元が開きすぎていたりして、着るのが恥ずかしかったんだよね。大人の女性の魅力を引き出すようなデザインだから、そっちの方面はしょんぼりなわたしにはあんまり似合ってなかったし。

他にやらなきゃいけない雑用とかがないなら、このくらいのドレスは一日で仕上がる。

「君がか！　へえ、すごいな。私が用意した物よりずっと似合っている。尊敬するよ。君は本当にすごい魔道具師なんだな」

公爵さまがわたしの手を取り、指を絡めてきつく手を繋いだところで、さすがにわたしも恥ずかしくなってきた。

いや、恋人のふりまでは分かるし、我慢もするけど、魔道具師としてすごいとまで言われてしまうと、演技でお世辞だと分かってても、現実とあやふやになってくる。

……でも、公爵さま、婚約するときに言ってたもんなぁ。『好きだなんて言われても』って先走るわたしに、『いつそんなことを言った？』って。

今回もきっと深い意味はないよね。勘違いすると恥ずかしいから、真に受けないようにしよう。

公爵さまの命令で無駄に見つめ合わされたり、ハグしたり、お手々を繋いでひそひそ内緒話したりしていると。

横手から大爆笑が聞こえた。

「あはははは、ほ、ほんとに女の子といちゃついてる！　ディオールが！　あはははははは！」

「……リオネルか」

誰？　と目で問いかけると、公爵さまは「戦友だ」と、あんまり嬉しくなさそうに教えてくれた。

「しかもこーんなにちっちゃい子と！　なにお前、ロリコンだったの!?」

「リゼは子どもじゃない。失礼なことを言うな」

「でもちっちぇえじゃん、あはははは、マジうける」

わたしはしゅーんとなった。

昔から大人っぽい姉に比べて、わたしは子どもに間違えられがちだけど、面と向かって言われるとやっぱり悲しいものがある。

「なになに、リゼちゃんっていうの？　初めまして。俺、リオネル。こないだの国家間戦争ではこいつが後方隊長で、俺が突撃隊長だった訳。そういう訳で大親友なの。よろしくね？」

「よろしくお願いします」

リオネルさんは騎士風の制服を着ていた。

大きな槍斧が描かれたこの腕章は、ノル騎士団の人なのかな。この国には東西南北中央に五つの騎士団があって、それぞれ魔獣や魔物の討伐に当たっている。

「誰が親友だ誰が。貴様など知らん。壁にでも話しかけてろ」

「えぇー、つれないなぁ。リゼちゃんも酷いと思わない？」

「は……はぁ」

「うるさい、リゼに話しかけるな。この子はお前と違って純粋なんだぞ」

「ねえ、ディオールなんかに捕まって災難だね。何しろこいつ居丈高でブスッとしててムカつくでしょ？　リゼちゃんもストレスためてない？」

「い……いえ、ディオール様は、とっても優しくしてくださいます……」

「ほんとぉにぃ？　無理してなぁい？　なんなら俺に乗り換えるぅ？」

リオネルさんが軽薄にわたしの手を取ろうとしたところで、公爵さまがブチ切れてその手をはたき落とした。

「いってぇ！　なんだよ、冗談だって……」

リオネルさんは公爵さまが冗談ではなく怒ってるのに気づいて、ちょっと気まずそうにした。

「そんなに怒るなよぉ……お前がやっと女の子に興味を示したっていうから、俺も嬉しくってさぁ。お祝い？　みたいな？」

「なんで貴様に祝われねばならん。貴様は俺の親か」

「違うけどさぁ、もうほんとそんなに怒んなってぇ。そんなだから氷の公爵さまとかいうだっせえあだ名つけられんだって」

「人のこと言えた義理か、狂獅子隊長」

「氷より狂獅子の方がかっけえじゃん！　俺の勝ち――――」

……とても仲がよさそう。

置いてけぼりのわたしに気づいて、リオネルさんがにこーっとした。

「どこで出会ったのか詳しく聞かせてよ」

「リゼがお前に話しかけることなど永遠にない。さっさと失せろ」

「こわっ！　俺怖いからもう行くね。またねー」

リオネルさんはさっと別の会話の輪を見つけて、そっちに入っていった。

「あいつに話しかけられても応じるな」

「……ディオール様は、リオネルさんのことはどう思ってるんですか？」

「珍獣」

「あ、じゃあディオール様の好きなタイプなんですね」

「……リゼは近づくんじゃないぞ。危ないからな」

否定しないってことは、それなりに仲のいいお友達なんだね、きっと。

公爵さまの交友関係がちょっとだけ見えた気がする。

その他にも、ディオール様を慕って話しかけてくる人たちとお話をして、会場で待つことしばし。

ようやく壇上に姉と王子様が現れた。

着飾った姉の美貌に、たくさんの人の注目が集まる。

「綺麗な人だねえ」

「王子様の婚約者だってさ」

「はー、賢そう」

さらに姉が綺麗な上流階級の言葉遣いで話し始めたから、みんな釘付けだった。

姉によって新素材の説明が続く。実はわたし、あんまり上流階級の言葉って知らないから、何言ってるかいまいち分からない。

一生懸命聞き取った限りでは、魔力だけで糸を紡ぐメリットをこれでもかと並べ、夢の新素材、人工の絹なのだと持ち上げていた。

会場は大盛り上がりだった。

ちゃんと燃えやすいこととかも説明してほしかったけど、そちらは語られずじまい。

都合のいいところだけ並べるの、よくないと思うんだけどなぁ。

そうこうするうちに、壇上にアシスタントの女性が近寄っていった。

わたしはハッとした。

あの人、見覚えある！　暗殺者メイドの人だ！

暗殺者メイドは変装姿で小道具をまとめるふりをしつつ、手に何かを持った。

手のひらより大きい箱。その箱からボッと火が出た。

【種火】の魔道具だ！

しかも普通の火つけ用魔道具より大きい。あれは、水中や猛吹雪、多重結界などの悪条件でも着火できる高級品だ。

まずい……！

わたしは慌てて背中の魔道具の安全ピンを抜いた。

暗殺者メイドが一足飛びに姉に迫る。

【種火】がほんのかすかに裾をあぶった瞬間、姉のケープは無惨にも燃え上がった。

大絶叫する姉の前で、暗殺者メイドの姿がかき消える。

どこに行ったのかと慌てて目をこらした一瞬のすきに、近くにいた男女のマントやケープが次々と燃え上がった。慌てて駆け寄ってきた人たちも巻き込んで大きな炎となる。

わたしは【消火器】のシャワーを浴びせまくった。

あたりは一瞬にして水と泡まみれになったけれど、ともかくも火はすぐに消し止められた。

暗殺者メイドはどこ？

わたしがもたもたしているうちに、会場のいたるところに置いてある展示品のマントやケープが火を噴き、あたりは大混乱に。

あの人を捕まえないと……！

姿が見えないのは、わたしが作った【魔織】を流用しているからっぽい。

わたしが作った物だから、魔力が流れていると、なんとなく気配が分かる。

「公爵さま、ここをお任せしてもいいですか!?」

「分かった」

わたしは逃げる女の人を追いかけていった。会場の隅にあった気配が抜け目なく人垣をすり抜け、ドアの外に出る。

わたしも必死に駆けてついていく。廊下を渡り、玄関ホールを抜けた。

魔術禁止の結界の外を、その人も見極めていたのかもしれない。

外の庭にさしかかったところで、暗殺者メイドは足を止めた。

「また会ったな、魔道具師ゼナの孫娘」

「クルミさんのニセモノ暗殺者……」

「私に名など意味はないから、好きに呼べばいいが」

「どうしてこんなことを!?」

暗殺者メイドは言わずもがなといったように、肩をすくめた。

「もうひとりの孫娘が新素材を発表するというから、見物がてら引っかき回してやろうと思ってな」

「それで何になるっていうんですか!?」

「私の飼い主が、王子にあまり尖(とが)った魔道具を作られては困るとの仰せなんだ」

「諜報員(ちょうほういん)……だから姉や王子様を見張っていたということですか?」

「そのとおりさ。事件をきっかけに、この国の魔道具開発は大きく萎縮するだろう?」

暗殺者メイドは小気味よさそうに笑った。

「まったく君の姉が愚かで助かった」

それからスッと怖い顔になる。

「勝手に自滅した上に、妹まで手土産にしてくれるとは」

ペラペラ喋(しゃべ)ったのも、わたしを連れ去るつもりだからってこと!?

わたしは先手必勝でぴゃーっと糸をあたりにまき散らした。

でも女の人は余裕で全部切り落とした。

「お前が妙な技を使うことは分かっている。魔道具関連の【生活魔法(コモン・マジック)】だろう？　元ネタが知れていれば大したことはないな」

女の人はわたしの腕をなんなく捻(ひね)りあげた。痛い痛い痛い。

わたしが怯(ひる)んだすきに、女の人は手枷(てかせ)をかけた。魔法でできた輪っかが回転し、わたしの手首にガシャンとはまる。

「大人しくしていろよ。手に傷はつけたくないんだ」

女の人が親切に教えてくれたおかげで、わたしはとっさに打開策を閃(ひらめ)いた。

両手で女の人の持っているナイフを握りに行く。

女の人がさっとナイフを引き、驚きの声をあげる。

「やめんか！　指がなくなったらどうする!?」

今だ。

女の人とわたしの距離が開いた。

わたしが自分の靴に加速の【魔術式】を書き込めば——

【魔術式】を呼び出すための【生活魔法】は、発動しなかった。手枷の作用だ。

「【魔封じ】の魔道具……」

「そうだ。もう妙な真似はするな。これ以上暴れるようなら薬で眠らせる」

薬もあまり使いたくないような口ぶりで、わたしはちょっと笑ってしまいそうになった。

この女の人にとっては、わたしは大事な手土産で、ちょっとでも商品価値を下げるようなことはしたくないんだ。

この人親切だから、わたしも教えてあげよう。

「【魔封じ】の魔道具も、作ったことがあります」

「そりゃすごいな。期待が持てる」

暗殺者メイドはどこか上機嫌だった。

「中央の魔道具師はひと通りチェックして回ったが、結局のところ、お前が一番だった。天才的な腕前をしていると思うよ。それに比べて、姉も両親もろくでもないな。悪いことは言わんから、わが主に仕えるといい」

あまりにもいい人。公爵さまと同じこと言ってるや。

わたしは無視して話を続けることにした。

「……これ、たぶんうちの国の騎士団が主に使ってる魔道具ですよね。錠前の形式が似てますもん。なのに、騎士団の紋章が入ってない……っていうことは、正式採用品にはない、物騒な機能がついているはず。つまり……こういうことなんですけど」

わたしが手枷のある部分にあるツマミを爪でぐるりと半回転させると、魔法の輪が鋭利なカミソリ状になった。

刃がわたしの手首に食い込み、血を流す。

思った通り。これは拷問用の魔道具なのだ。

回しきると手首が落ちる——と脅すため、派手に出血するよう仕組んであるけど、殺傷力はあまりないということまで、わたしは知っていた。

「馬鹿な真似を……！」

女の人が慌てて鍵を懐から取り出した。

鍵を外してもらったら、その瞬間に魔術を——

虎視眈々（こしたんたん）と狙っているわたしに気づいたのか、舌打ちをして、また違うものを取り出した。

「この薬を飲めば三日は起きられない。まれに命を落とす者もいるから、弱っている様子のお前には使いたくなかったが、仕方がないな」

わたしは流れてきた血を指先ですくい、手袋に素早く簡易の魔法陣を描いた。

手枷のロックにバイパスを作り、指向性を持たせた【解錠（アンロック）】の【魔術式】を描く。

わたしが即興で描いた魔法陣は、血のついた手袋を媒介として、一個の魔道具として成立した。

個人の魔術を相殺する魔封じの力をすり抜け、発動。

手枷の錠部分の【魔術式】が文字通り【解錠（アンロック）】され、だらりと緩む。

わたしは暗殺者メイドに手を伸ばし——

また腕を捻りあげようとする暗殺者メイドには構わず、彼女が羽織っていた【姿隠しのマント(タルンカッペ)】を掴んだ。

わたしが使えるのは、魔道具作成用の魔術だけじゃない。

【種火】の魔術で、【姿隠しのマント(タルンカッペ)】に火をつける。

マントは一瞬にして燃え上がり、そこから伝って、暗殺者メイドが着ている、伸縮性の高そうな魔素材の服にも延焼した。

かなりの勢いで暗殺者メイドの全身が火を噴く。

彼女はためらわずにわたしから手を離した。

大事な商品に火傷(やけど)を負わせたくなかったのだろう。

……こんなこともあろうかと、念のため、燃えにくい素材の服と手袋つけてきて本当によかった。

ほぼ無傷で、手も問題なく動く。

お姉様が一計を案じてまたわたしを捕まえようとしたときのために、【催眠】対策や、【魔封じ】の対策もひと通りすぐ使えるように準備していたけれど、大正解だったね。まさか暗殺者メイドが出てくるとは思ってなかったけど……役に立ったんだからよしとしよう。

火を消し止めようと、地面を転がる彼女。

……思ったより火が強い！

わたしはパニックになって、背負っていた消火器から、水のシャワーを浴びせた。

黒こげになった暗殺者メイドが、ぐったりと横たわっている。

「あ、あの……大丈夫ですか？」

声をかけると、暗殺者メイドは笑い出した。

「敵の心配をする馬鹿がどこにいる」

「いえ、あの……大人しく投降してくださったら、お医者さんを呼びますよ」

「必要ない。捨て置け」

で、でも、だいぶ怪我が酷そうなんですけど。

「分からないのか？　この場は見逃してやると言っているんだ。早く行け！」

そうは言われても。

「……その怪我でうろうろするのは、よくないと思いますので、やっぱり連れていきます！」

わたしは落ちている手枷を拾い上げて、彼女の両手に嵌めた。

「歩けますか？」

暗殺者メイドさんに手を貸して、進む。

しばらく歩いていたら、彼女は激しく笑い出した。

「……暗殺者に肩を貸す馬鹿がどこにいる。私はもう百回くらいお前を殺すチャンスを見逃してやってるんだぞ」

「わ……わたしだって、その気になったらもっと怖い魔術だって知ってます」

「お前にできるとは思えないが」

「やりたくありません。ですから、じっとしていてください」

暗殺者メイドはそれ以上何も言わなかった。

わたしはまっすぐに、火災のあったパーティ会場に歩いていった。慌ただしく駆け回る人たちの尽力もあってか、火はすでに消えている。客はあらかた避難誘導が終わっていた。

いっせいに注目がわたしに向く。

青い顔をした公爵さまが駆け寄ってきた。

「どこに行っていた？」

「犯人が、ここを出ていくのが見えたので……」

「追っていったのか？　無茶な」

「この人が犯人です。でも、火傷が酷いので、まず治療してあげてください」

暗殺者メイドさんが医療班らしき人たちに連れられていく。

それからわっと周りを取り囲まれた。

「公爵さま、もしかして、そのお嬢さんが……？」

見たこともない男性が質問してくる。

公爵さまは不機嫌そうにうなずいた。

「彼女が、新素材の危険性をいち早く見抜いて、この魔道具を用意した」

公爵さまが背負っていた消火器をトンと床に下ろす。

「アルテミシア嬢の妹、リゼだ」

わっ！　とまた、周りが沸いた。

「すごい、天才姉妹という訳ですね!?」

「違う。この新素材も、元はリゼの発明だ。姉は横取りしたんだ」

「なんですって……!」

「明日の新聞の一面はこの子で決まりね!」

し、新聞記者?

うろたえたわたしが手を揉み合わせると、公爵さまがぎょっとした。

「その手はどうした!?」

あ、手袋ズタボロの血まみれだった。忘れてた。

「いや、ちょっと、犯人と揉み合いまして……」

公爵さまは有無を言わせぬ強さでがしっとわたしの背中を抱いた。

「彼女は私が診る! 通してくれ!」

公爵さまは、追いすがる新聞記者たちや、関係者で埋め尽くされてる通路の人たちを蹴散らして、わたしを別の部屋に連れてきてくれた。

部屋の隅にわたしを座らせると、魔術で丁寧に手の傷を治してくれた。あとすら残らなかった。

そこはちょっとした野戦病院だった。

火傷を負った人たちを全員集めたらしく、そこら中に包帯姿の人が寝ている。

「ここは……?」

「臨時の病院だそうだ。限定的にだが、弱い医療用魔術の使用を許可したらしい」

治療師があちこちで治癒の光を出していた。

「冗談じゃないわ！　もっと腕のいい医者を呼んでちょうだい！　火傷の痕なんか残ったらわたくしはおしまいなのよ!?　ねえ、わたくしを誰だと思っていて!?　王妃になる女なのよ！」

一際大きな声でぎゃんぎゃん喚いているのが、たぶん姉。

公爵さまはそちらに見向きもしなかった。

「君の魔道具が役立ったよ。犯人はあちこちに火を放ったが、ほとんど燃える前に鎮火した。ただまあ……全身に新素材のドレスを身にまとっていた姉君だけが酷い火傷を負ったようなんだが」

あちゃあ……

あれが危ない素材だってことにも気づいてなかったのかなぁ……知ってたら、絶対そんなリスクは冒さないよね。

いつしか姉のヒステリックな声は泣き声に変わっていた。

「醜くなってしまったら……わたくしなんて何の価値もないじゃない……！」

わたしは聞いていられなくなって、公爵さまを見上げた。

「公爵さま……」

「ディオール」

「……ディオール様。姉のこと、治してあげられませんか？」

「私は魔術師で、治療師ではない」

「でも……ディオール様の魔術は、とても綺麗なので、治療もきっとお上手だと思います」

痕すら残らなかった手を見ながら言った。

「……火傷の治療は難しいんだ。傷を治すことはできても、一度傷ついた皮膚を元通りにする方法はない。残念だが、姉君は一生あのままだろう」

姉のすすり泣きは、いつまでもわたしの耳に残った。

翌日、わたしは事件の調査の名目で、ディオール様と一緒に王宮に呼び出された。

国王に謁見する前に、宮廷の文官らしき人にくどくどと礼儀作法のことを注意されて、ひと通りあいさつを練習させられた。

そして通された王様の謁見室。

「こ……国王陛下におかれましてはご機嫌うるさしゅ……っ」

わたしはすっかり上がってしまって、あいさつの途中で噛んだ。

真っ赤になってとにかく頭を下げる。

見なくても分かるくらい、隣のディオール様は笑いをこらえるのに必死でブルブル震えていた。

地獄のような空気の中で、陛下がくすりともせずに言う。

「そなた、アルテミシアの妹であるとか」

「は……はいっ。リゼです」

「ではリゼ、そなたの知る事件の経緯を、なるべく時系列順に教えてくれぬか」

わたしは招待状が送られてきたときから全部説明した。

「なぜそなたの発明だとすぐに気づいた？」

「……それが……」

「すべて正直に申すがよい。虚偽があったときは、そなたの身に罪がふりかかるぞ」

「……姉は、昔からわたしの研究ノートを盗んでいましたから……」

王様はときどき質問しつつ、わたしの話を最後まで聞いてくれた。

王様は唸りつつも、特に感想らしいことは何も言わなかった。

「あの、姉はどうなったのでしょうか……」

「そなたは質問をできる立場にはない。わしに聞かれたことにだけ答えよ」

「は、はい」

あくまでわたしは事件の参考人ってことなんだね。

「よく分かった。では次にディオール。そなたの知ることを話せ」

「はい」

ディオール様はわたしが倒れたところから、簡潔にまとめて話してくれた。

「……なるほどなるほど。これにて査問は終了とする。大儀であったな、帰りに昼食でも食べていくがいい」

陛下はそれだけ言うと、解放してくれた。

ごはん……!?

宮廷で出る料理……いったいどんな美食が……!?

ワクワクしているわたしに、ディオール様が笑いながら「よかったな」と言ってくれた。

「ごはんが出ると知っていたら、コルセットはやめてもらったんですが……！」

「王の御前でどれだけくつろぐ気なんだ。そうがっつかなくとも、気に入った物があればうちのシェフに作らせるといい」

「……神経を研ぎ澄ませて味を記憶しますね！」

「料理名だけでいいだろうに」

ディオール様はくすくす笑っていて、とっても楽しそうだった。

昼食の席に案内してもらう。大きなお部屋はディオール様とわたしのふたりきりで、出てきたのは分厚い牛肉だった。

「この上にかかってる、めちゃうまのはなんですか!?」

「フォアグラとトリュフのことか？」

「こってりしてておいしい……！」

「まあ、分かりやすく贅沢(ぜいたく)だな」

すごくおいしいのに、コルセットのせいで全然量が食べられず、わたしはかなり残してしまった。

「ああ～……すっごいもったいない……持って帰っちゃダメなんでしょうか」

ディオール様は笑いながら「頼んでみてはどうか」と言ってくれる。

ディオール様がいいって言うなら、聞くしかないよね。

わたしが本当に尋ねてみると、配膳係の男性はなんと本当にロウ紙で持ち帰り用に包んでくれた。

「内緒ですよ」と人差し指を立てながら。

喜びを分かち合おうと思って、包み紙を手渡されたわたしが満面の笑みでディオール様を振り返ると、ディオール様はすでに呼吸もできないほど笑い崩れていて、再起不能に陥っていた。

「持って帰らずとも、うちのに作らせればいいと言っただろうに、そんなに気に入ったのか」

「気に入ったし、食べ物を残すのはもったいないです」

わたしが馬車の中で力説すると、ディオール様はしみじみとつぶやいた。

「……君と婚約してよかった」

「え？」

「何でもない」

ディオール様はその日ずっと、いつも以上にニコニコしていた。

――その後。

姉の起こした事故は、犯人の自供もあって、敵対陣営にふいをつかれた不幸な事件ということで幕を下ろした。

暗殺者メイドさんは牢に入れられているけれど、敵から報復されないように、厳重に守られているとのことだった。

姉とアルベルト王子がどうなったのかは、まったく伝わってこない。学園のどこかに隔離されているらしいとだけ、ディオール様から聞いた。

事件のことは新聞にも載らなかったし、かん口令のおかげで噂話（うわさばなし）すら全然伝わってこなかった。

何も分からないけど、姉は今も火傷で苦しんでいるのだろう。

わたしはある日、遠い昔のことを夢に見た。

夢の中のわたしはまだ小さい。不器用に工具を使ううちに、手が滑って、指先に怪我をした。

その手をおばあさまが【治療】してくれながら、言ったのだ。

――いいかい、リゼ。怪我をした手で【魔糸紡ぎ】をしてはいけないよ。くっついて、取れなくなってしまうからね。

――くっつくの？

――そう、皮膚の一部になっちまうのさ。

――どうして？

――絹は人肌に近い……といって、お前に分かるかねえ。いくつかの条件が揃うと、本物の人肌になるんだよ。よく覚えておいで、もしもお前が大怪我をした、そのときは――

わたしは飛び起きた。今しがたの夢の続きは、鮮明に覚えている。

「怪我をして、血が止まらなくなったら、【魔織】を当てなさいって、教えてくれたんだった」

そうだった。こんな大事なことを、どうして今まで忘れていたんだろう。

おばあさまが挙げてた条件は何だった？

わたしは連鎖的におばあさまの遺したノートを思い出した。

わたし宛てに、空想の魔道具図鑑を書いてくれていたのだ。

最初のページに書かれていたのは、かの有名な魔獣の手綱、【グレイプニル】の作り方。

この世に存在しない物が材料の、神話のアーティファクトだ。

続くページにも、幻想的なアーティファクトがずらりと並んでいる。両親も『夢見がちな創作だ』と一笑に付した。

わたしはそれが好きで、小さなころはよく眺めていたのだけれど、いつの間にか奥にしまい込んで忘れていた。あの本に、何て書かれていたんだっけ？

「……思い出した」

それは【セルキーの皮膚】の名が冠されたアーティファクトだった。

施術対象の持つ【魔力紋】を、完全に一致させた【魔織】を作り、所定の【魔術式】を書き込んだ代物だ。

完全一致させるほどの腕を持つ贋作師などまず存在しないことから、少し知識のある人が見ればすぐに実現不可能な魔道具だと分かる。

でも――わたしはできるようになった。おばあさまが、『リゼには素質があるから』と、熱心に教えてくれたおかげで。こんなにも重要な技術だなんて、思いもしなかった。

おばあさまはつくづく偉大な人だ。

わたしはフェリルスさんのお散歩係をする傍ら、新しい魔道具の設計書を少しずつ練り始めた。

久しぶりの作業は本当に楽しくて、あっという間に書きあがる。やっぱりわたしは魔道具づくりが好きなんだと思う。

それを、ディオール様のところに持っていった。

「わたし、もしかしたらお姉様の火傷を治してあげられるかもしれません」

おとぎ話としか思えないようなアーティファクトの設計書だ。

笑われるかもしれないと思っていた。

でも、公爵さまは真面目な顔で読んでくれた。

「……なるほど、魔道具で作った人工の皮膚を張り合わせて、火傷を目立たなくする技術か。外国の論文で似たものを見たことがある気がするが……とんでもない高度技術じゃないか？」

「【魔力紋】を似せて、動物性の【魔糸】を薄く織る技術がとんでもないとしたら、そうです」

でも、どちらもわたしの得意分野だ。

わたしには自信があった。

「わたしにならできます」

「素晴らしい。やはり君は天才だ」

ディオール様は心からの笑顔でわたしを讃(たた)えてくれた。

わたしはそれで勇気づけられて、相談してみることに。

「人工皮膚はわたしが提供できます。でも、移植には、お医者さんの協力が必要なんです」

ディオール様は色素の薄い瞳を細めた。

「純粋に疑問なんだが……なぜ君にそこまでしてやる義理がある？　自業自得だろう？　放っておけばいい」

わたしはぎゅっと手を握った。

うまく言えないかもしれないけれど、ディオール様に伝えたい。

「わたしはお姉様が怖いんです」

「ならもう、放っておきなさい。盗作で自爆して、火傷まで負った女だ。王家を騙したとなればまず実刑を免れないだろう。誰も助けないし、顧みない」

わたしはふるふると首を振った。

「わ、わたしは一生お姉様を気にし続けます。お姉様はわたしにとって、ずっと怖い人でした。今でもそうです。わたしの心にはお姉様が住みついていて、何をするときにもお姉様の目を気にしてしまうんです。無視なんてできない」

姉に怒られるのが嫌だから仕事を肩代わりした。

姉に叩かれるのが嫌だから食事を抜かれても黙っていた。

姉を不機嫌にするのが怖いから何でも言うとおりにした。

植え付けられた恐怖心は、目の前から姉がいなくなっても、ずっとわたしの心に残っている。

「お姉様が火傷を負って苦しんでいたとき、わたしが真っ先に思ったのは、きっとお姉様はわたし

を恨むんだろうなぁ、ってことです。わたしが変な物を開発したせいで火傷した、って——勝手に盗んだことも棚に上げて怒るのが、私の姉だと思います。それでわたしは、心の中のお姉様にずっと責められ続けるんです。もう、いなくなってほしいのに」

姉から苦しめられた十年以上の記憶は、そんなに簡単には消えたりしない。

「お姉様の火傷を治してあげれば、少なくとも、もうそのことでお姉様に責められることはありません。そのあとにお姉様がどうなろうとも、わたしには関係ありません……わたしはお姉様に、わたしの心の中から出ていってほしいんです」

わたしは責める姉の幻から解放されたいのだ。

「お姉様はわたしが嫌いで、いつもたくさん否定してきました。わたしみたいなグズは、メソメソ泣いているのがお似合いだって……」

あのとき植え付けられた劣等感は、今でもわたしの心に影を落としている。

「でも……」

わたしはそんな言葉に負けなかったんだって、自分に向かって誇れるような何かが欲しかった。

「他の誰にも真似できないような、すごい魔道具が作れたら、わたしはグズなんかじゃないって……もう姉の言うことになんて耳を貸す必要はないんだって、納得できる気がするんです」

わたしのつたない説明で、どれだけ伝わったのかは分からない。

それでもディオール様は、最後にはうなずいてくれた。

「実は、君の姉ほどではないが、軽い火傷のあとが残った人物が三人いる。そのうちひとりはかなりの御身分だ。君が治療に手を貸してくれるのなら、その家が最高の医者を探してくれるだろう。アルテミシア嬢には実験台になってもらうという名目で、どうだ？　先に成功例がいた方が、ご令嬢がたにも納得してもらいやすい」

あの根性論の塊のような姉なら、自分の美貌が取り戻せるチャンスは、たとえどんなリスクがあっても逃さないだろう。

しかも、事件の後始末もできる。

「それでいいと思います」

わたしは紹介してもらったお医者様（すごく美人の女医さん）と、初めての打ち合わせに行った。

「あら、ディオール。久しぶりね」

美人の女医さんが、付き添いのディオール様に微笑みかける。

ディオール様はうんざりしたように、そっぽを向いた。

「最高の医者をと注文したはずなんだが」

「あら、美容なら、私以上の医者なんていなくてよ」

「……まあ、そうなるんだろうな」

「お知り合いですか？」

わたしがおそるおそる声をかけると、ディオール様は「赤の他人だ」とそっけなく言った。

「なあに、それ。つれないわねえ。女の子連れだから照れているの？」

「余計なことを言わないでくれ。リゼは仕事をしにきたんだぞ」

「はいはい、分かったわよ」

わたしは美人の女医さんと相談しながら、姉に移植する皮膚を慎重に作り上げていった。

姉の【魔力紋】を調べて、変化がないか確認するために、姉の病室にも行った。

「……なんでお前がここにいるの!?」

姉は、痛々しいくらい怯えていた。

「わたくしをあざ笑いにきたの？　はっ、おあいにくさま！　わたくしは少しも弱ってなんかないわ！　怪我が治ったら、真っ先にお前を笑いに行ってやるつもりだったのよ！　わたくしは火傷を負ったあとなのに、まだお前よりも美しい、ってね！」

わたしは姉を無視して言う。

「お姉様の【魔力紋】、少し変化がありますけど、これなら大丈夫そうですね」

「お姉様のお肌は、火傷を負う前よりも綺麗にしてあげますね」

にっこり笑ってあげたときの、姉の顔。

驚きすぎて、すごく間抜けになっていた。

ああ、そっか。そのときになって、わたしはようやく気づく。

姉がわたしをイジメていたのは――突然怒り出してはぶん殴り、執拗に言葉の暴力を浴びせかけてきていたのは。

怖かったからなんだ。

お姉様が虚勢を張って、弱い者をイジメるのは、そうしないとお姉様の方がやられてしまうと思い込んでいるから。

弱いわたしに自分自身の影を見たから、必要以上に恐れて、踏みつけた。

わたしはお姉様をそのとき初めて、可哀想な人だと思った。

周囲の人から攻撃されるかもしれないと怯え続けて暮らすのは、どれほど辛かっただろう。

そしてわたしは、姉のようでなくてよかったと、心の底から思えたのだった。

わたしは人からどれだけ意地悪をされても、親切を返すことができる。

どれだけ酷い目に遭わされても、人に酷いことをし返したりはしない。

わたしは、姉と違って、卑怯（ひきょう）な臆病者じゃないから。殴られる前に殴り返そうなんて思うような愚かさは、わたしにはない。

——わたしの作った人工皮膚は、テストでの小片移植にもまったく問題は起きず、いよいよ実行に移されることになった。

数日のうちに包帯が取れ、自分の顔を初めて見た姉は——

せっかくのお肌が台無しになるくらい、顔をぐしゃぐしゃにして泣いていた。

「……ああ……わたくし……そうよ、ほら……美しかったのよ……！　元通りだわ……！」

「前より綺麗になってますよね？」

「そうよ……ああ……違うわ……！　わたくしは元々美しかったの……！」

「お医者さんの施術に、満足しましたか？」

「当たり前よ！　完璧だわ……！　これなら誰にも分からない……！　なんて綺麗なの……！」

「お姉様、この皮膚作ったの、わたしなんですよ」

姉は鏡を捨てて、わたしにすがりついた。

「ありがとう……！　ありがとう、リゼ……！」

お姉様のために魔道具を作って感謝されたのは、これが初めてかもしれない。みっともなくボロボロと泣く姿を見たのも。姉は、自分が弱っているところなんて一度も見せなかった。怖い人だと思っていたけれど、こうして見ると、ごく普通だ。ワガママで乱暴で意地悪で自分勝手なだけの……。

……それだけ悪い人の条件が揃ってたら、あんまり普通じゃないかもしれない。

わたしは泣く姉をそっと押し戻して、立ち上がる。

「さようなら、お姉様」

永の別れを告げたとき、わたしはとても穏やかな気持ちで姉のことを見られたのだった。

「リゼ。もういいのか」

「はい。帰りましょう」

帰る場所のあるわたしに、もう怖いものなんて、何もなかった。

とうとうわたしの疲れが限界に来た。

病院からの帰り道、ゴトゴトと規則正しく揺れる馬車につられて、とてつもない眠気に襲われる。

どのくらい眠っていたのかは分からない。ハッと目が覚めたら、ディオール様にべったりと寄りかかっていた。

「ごっ、ごめんなさい、枕にしてしまってっ……」

ディオール様の渋面、久しぶりに見た。

「疲れているんじゃないか？　ここのところ、無理をしていたようだし」

「い、いいえ！　健康面はばっちりです！　おかげさまですごく開発が捗りました」

ディオール様がわたしの頬に手を当て、顔を覗き込む。

「無理はしていないんだろうな？」

「ぜ、ぜんぜん！　毎日六時間も寝させてもらえて、おいしいごはんも食べられて、本当に至れり尽くせりで……」

「もう少し寝なさい」

「は、はい、努力します……でもわたし、やっぱり魔道具を作っていると、時間を忘れてしまうことがあって……」

キスでもするのでなければ近づかないような、かなりの近距離でディオール様の呆れたような視線に晒されて、わたしは冷や汗をかき始めた。ディオール様は目ざとくて、何でも察してしまうから、実は六時間寝ているっていうのもサバを読んでて、本当は四〜五時間くらいだってことも見抜かれそう。顔色だけでそこまで分かるはずはないんだけどね。

「夢中になるのもいいが、ほどほどにな」

「はい……すみません」

ディオール様はまだ不機嫌な顔。

「君にプレゼントがあったんだが、この分だといらなそうだな」

「えぇっ!?　な、なんですか!?」

「健康管理ができない人間には渡せない」

「でっ、できます、できます！　ていうかもう今すでに健康です！」

「これからはちゃんと睡眠時間も取るようにするか？」

「はい！」

ディオール様はようやく笑ってくれた。

「よろしい。ではこれは君の物だ」

ディオール様がくれたのは、一枚の契約書だった。

かなり古い物で、カッサカサに乾いている。

開いてみると、先代国王陛下の名前で、魔道具師ゼナ――わたしの祖母に、土地や出店の権利、減税特権などを認めると書いてあった。

　リヴィエール魔道具店の権利書だ。

「君の店が抵当に入っていて、競売にかけられていたから、ついむきになって競り落としてしまった」

「お、お父様とお母様は……!?」

「ご両親の足取りは摑めていないんだ。君の姉が起こした炎上事故のあと、黒い噂が社交界に広まってしまってね。ほとんど閉店に追い込まれてたようだ」

　確かに……あんな物騒な事故を起こした家から魔道具を買おうとする人はあんまりいないかも。

「どうやら借金を踏み倒して遠方の島に逃げたらしいんだが」

「借金……!?」

　そんなに経営が悪化していたなんて知らなかった。

「直前の銀行の取引状況によると、わずかな船賃くらいは持って逃げたようだから、まあまず無事だとは思うが。借金は私の方であらかた綺麗にしておいた」

「な……なにからなにまで本当にすみません……！」

　わたしは申し訳なさでいっぱいだった。

「……お父様とお母様の夢だったんです。晩年は物価の安い南の島で貴族みたいに使用人をたくさん抱えて暮らしたい、って……」

　つまりわたしは、置いていかれた、ってことになる。

でも、全然悲しいと思えなかった。

両親の夢についていくつもりはない。わたしは魔道具を作るのが好きだし、いつかお店を持てたらいいなと、ずっと思っていたから。

リヴィエール魔道具店は、おばあさまが大事にしていた、わたしにとっても思い出深い場所だ。

ここで新しく、わたしだけのお店が持てるのだと思うと、ワクワクしてしまう。

「そのうち君の両親を見つけ出して、取り立てに行くとするか」

わたしはハッとした。いけない、新しいお店のことで頭がいっぱいで、ディオール様に迷惑をかけっぱなしだったこと、すっかり忘れてた。

「あ、あの、おいくらくらいかかったんですか……？」

両親の作った借金なら、わたしも知らんぷりする訳には行かないよね。

ところがディオール様は、肩をすくめただけだった。

「私の小遣い程度だ。気にするな」

簡単に言うけど、そんなの無理だよ！

「……分かりました。この権利書は、責任もってわたしが買わせていただきます。わたしがお店を引き継いで、いつかディオール様にちゃんとお支払いしますので……！」

何年かかるか分からないけど、がんばろう。

「いや、そんなことはしなくていい」

ところがディオール様は、あっけなく首を振った。

「君の健康に差し障る」

「そんな……」

「本当にいいから、気にするな。金はあるんだよ。私の実家も資産家だし、ロスピタリエ公爵領からの上前もある。戦争の報奨金も引くほどもらった」

ディオール様は貴族らしく、お金に鷹揚なところがあるみたいだ。

でも、こんな大金を立て替えてもらって知らんぷりは、庶民としては気が引ける。

わたしが困っていると、ディオール様はちょっと噴き出した。

「気になるのなら、無理をしない範囲で、少しずつ店をやって、それでたまには私に食事を奢ってくれればいい」

わたしはぱあっとなった。

「王都のレストランを全部制覇しましょう！」

「君の食い意地は徹底しているな」

「おいしいごはんが嫌いな人なんていません！」

笑っているディオール様を横目に、わたしはお店の権利書をしみじみと見た。

内容は王様からの庇護を約束するもので、土地の権利と、どんな種類の魔道具でも他ギルドの制限を受けずに売る権利、税金の減免などが書きつけてある。正直言って、お金や権利のことは難しすぎてさっぱりだ。

細々したことは分からなくても、ギルドの制限がないのはありがたかった。

ギルドはそれぞれ、商品を独占的に販売する権利を持っていたりする。

チキンを料理してお客様に提供する権利は宿屋のギルドが持っていて、食堂では出せない――とか、薄焼きの無発酵パンは、この世界すべての神様の女主神・ルキア様を信仰する修道院でしか売っちゃいけない――みたいな制限が山ほどある。神獣・シカが食べるから、『シカ聖餅』と言われているらしい。

魔道具師ギルドも、金細工専門や革細工専門など、それぞれに特権を持っているのが普通だ。複数の権利を得るならば、それなりの使用料を払わないといけない。特権的に何でも作れるのは、かなりの優遇だった。

おばあさまの功績に見合った、いいお店だったんだなと思う。

こんなにいいお店が、他の人の手に渡らなくて、本当によかった。

これからはわたしのお店として、素敵な魔道具を作って、繁盛させていくんだ。

しっかりしなくちゃ。

わたしは改めてディオール様に向かって頭を下げた。

「今までお世話になりました。すっかり元気になりましたし、お店も取り戻してもらえて、本当に嬉しかったです」

言っていて、自分でも寂しくなってくる。

ディオール様には本当に助けてもらったから。

「いつか自分のお店を持つのが、わたしの夢でした。ディオール様には全部叶えてもらえて、感謝してもしきれません。ここまで来たら、あとはなんとかひとりでも生きていけそうです」

「何の話だ」

「わたしたちの婚約は、親から逃げるためのものでしたよね？　わたしにひとりで生きていく手段がないから、とりあえずディオール様が助けてくれたんですよね」

「それは……そうだが」

「もう大丈夫になったので、お別れのしどきかなって」

ディオール様が不機嫌そうな顔になる。

わたしも、うまく笑えなくなった。

「本当に……楽しかったです」

公爵家に来てからの思い出が蘇(よみがえ)る。

「ピエールくんも、フェリルスさんも、クルミさんも、とてもよくしてくれて……」

わたしの目から、ぽろぽろと涙があふれた。

「……わたし、本当に……」

泣いたって仕方ないのに、わたしは止められなくなった。

皆さんといつまでも一緒にいたかった。

「店はやりたければやればいい」

ディオール様がむすっとして言う。

「婚約も続けたければ続ければいいだろう」

「えっ……」

それはディオール様にとってよくないと、わたしは思った。

「でも、ディオール様が、他の人と結婚できなくなっちゃいますよ？」

「構わん。私は女が嫌いだ」

ディオール様は微妙に視線を逸らしていて、本心なのかどうかよく分からなかった。

「君が婚約していてくれた方が女避けになっていい。フェリルスの散歩係も必要だしな」

本当かなぁ……？

わたしを哀れんで言ってくれてるってことない？

今は好きな人がいなくても、そのうち出てくるかもしれないのに。

そのときにわたしが婚約者だったら、絶対後悔するよね。

とはいえわたしも、すぐにロスピタリエ公爵邸から出ていきたいとは思えなかった。

「考えさせてください……」

曖昧に返事を引き延ばすので精一杯だった。

公爵邸に帰りつき、わたしは自室で悶々と悩むことになった。

わたしは出ていくべきだと思う。

実家に住んで、商売をしながら、ときどきディオール様に借金の一部を返す……いらないって言うかもしれないけど、ある程度の金額は返したい。姉にかかった医療費だって、結局ディオール様に負担してもらった。

でも――

すぐそばで刺繍をしていたクルミさんが、ニコニコしながらその布を広げてみせた。

「最近王都で流行っているのは、こういう刺繍なのだそうでございます。きっとリゼ様にもお似合いになると思って、練習してみました。いかがでしょうか？」

「わ……っ、かわいい……っ！」

「お気に召していただけたのなら、次のドレスにはこれを。ちょうどとてもいい布を分けていただいたばかりなのでございます」

クルミさんはわたしのために、毎日いろんな髪型や服の流行を勉強して、試してくれる。

わたしが散らかした物もいつの間にか片づけてくれている。

もうわたし、クルミさんがいないと生きていけないかもしれない……

クルミさんのお給料ってどのくらいなんだろう。

わたしに払える額かな？

でも、クルミさんみたいに有能な人は引っ張りだこだろうし、わたしのような庶民の家には来てくれないかもしれない。

そうだったらちょっとショックだなぁ。

うっすら涙ぐんでいたら、クルミさんがびっくりした。

「リゼ様!?　いかがなさいました!?」

「わ……わたし、ここ、出ていかなきゃいけないかも……」

「な……なぜでございます!? まさかご主人様が余計なことを……!?」

「ううん、ディオール様は婚約を続けたらいいとは言ってくれたんです。でも、わたしが自立するまでの偽装婚約だったし、もう大丈夫になったから……だから……婚約は、解消しなくちゃ……」

すごく嫌だったんだなって、今更のように思う。

喋りながら、ようやく自分の気持ちに気づいた。

クルミさんは優しくハンカチで涙をぬぐってくれた。

「ご主人様はとにかく女性嫌いなお方でございます。もしもリゼ様がご婚約を破棄なさったら、一生独身でございましょう。ご主人様をひとりぼっちになさるおつもりでございますか? それはあまりにも酷というもの……」

「で、でも……ディオール様のことが好きって女の子もいましたし……」

「それでも受け付けないから女性嫌いなのでございます。ご主人様が女の子にあれだけ優しく微笑みかけるのは、リゼ様にだけでございます」

「わたしは、珍獣だし……婚約するときにも、『お前を好きだなんて言った覚えはない』ってはっきり言われちゃったし……」

「ご主人様が?」

クルミさんは困ったようにしつつ、それでもわたしに反論する姿勢は崩さなかった。

「わたくしの口からはあまり無責任なことは申し上げられませんが、どうしてご主人様がリゼ様にだけ格別にお優しいのか、汲んでさしあげてくださいませ」

クルミさんが一生懸命励ましてくれたので、わたしの悲しい気持ちが軽くなった。

「……ありがとうございます、クルミさん」

クルミさんとニコニコ微笑み合う、この時間がなくなってしまうのだと思うと、わたしの気分はまた沈んだ。

――また別の日。

わたしがお店の片づけをするときに、ピエールくんが助っ人に来てくれた。

「うわあ、ずいぶん荒れてますねえ」

どうやら両親が夜逃げしたあと、競売物件の執達吏に押し入られたみたいで、ドアは壊れてて中はぐちゃぐちゃだった。

祖母が作ったジュエリーとか、価値のあるものは全部両親に持ち出されちゃったか、もしくは売られちゃってるみたい。

だけど、未加工の素材とか、仕事道具なんかは重くて持ち運びにくくてそんなに価値がなかったからなのか、だいたい手つかずで残っていた。

「こんなことまでさせちゃってすみません……」

「お謝りにならないでくださいませ！　本当はディオール様がいらっしゃりたかったようなのでございますが、どうやら非常にお忙しいご様子なので、ディオール様の分まで僕がしっかり働いてまいりますね」

ニコニコと言ってくれるピエールくんもクルミさんと同じ天使族だった。

「ディオール様のお嘆きようはたいそう深かったのでございます。リゼ様のアトリエをぜひこの目で見てみたかったと」

「魔道具、お好きなんですねえ……」

「ええ、魔道具もお好きなのだと存じます」

「も？」

ピエールくんはうふふと笑って、それ以上は何も言わなかった。

「僕の仕事はディオール様の補佐でございますので、あまり余計なことを喋ると大目玉を頂戴してしまいます」

つまりピエールくんはディオール様のいいことしか喋らないってことだよね。従者の鑑だなあ。

ピエールくんはてきぱきと散乱するゴミを片づけ、壊れた家具類を処分してくれた。

「足りない物があればおっしゃってくださいませ。ディオール様からすべて揃えるようにと仰せつかっております」

「いえ、ほんと、片づけしてもらっただけでもありがたいので！」

「しかし、食卓とベッドぐらいは最低限きちんとしていないと、お暮らしになるのにもお困りでございましょう」

ピエールくんは家具屋さんを呼んできて、あれもこれもまとめて家具を注文してしまった。

「あああ……そこまでしていただかなくても……」

「お好みに合わないようでしたらまたお申し付けくださいませ。必ずやお気に召していただけるよう世界中から取り寄せてまいります」

「いいんですってば本当に……！」

わたしのディオール様への借金がふくれあがっていく。

どうやって返済しようかと途方に暮れていたら、ピエールくんがくすくす笑った。

「近頃のリゼ様はフェリルスの散歩係としても躍進めざましく、ボーナスを取らせたいとの仰せでございました。どうぞご遠慮なくお受け取りくださいませ」

「で、でも……散歩だけでこんなにしていただくのもぉ……」

「いえいえ、フェリルスの運動量はとんでもないですから、これで見合った報酬でございます。僕など、いくら積まれようとも朝晩何キロも散歩するのは御免こうむりたい次第でございまして」

散歩係の日課はまだ続いている。

朝晩一時間ずつなので、けっこう走ってると思う。

でも、逆に言うとそれだけなんだよね。

散歩だけでこんなに報酬を払うなんて、気前がよすぎる……

「それでもご納得が行かないようでございましたら、ディオール様とのデート代も入っているとお考えいただけましたら」

「デッ……!?」

「夜会に同伴していただける女性を探すというのは、これでなかなか難しいものなのでございます」

あ、パーティね。姉の新作発表会とかに、一緒に行ったもんね。

「ディオール様は気難しいお方でいらっしゃいます。お相手はリゼ様にしか務まりません。どうかこれからも、偏屈なご主人様をよろしくお願いいたします」

ピエールくんに深々と頭を下げられてしまって、わたしはなんとなくうやむやのうちに納得することになった。

数日もすると、すぐに営業ができる状態にまで回復したのだから、ピエールくんはすごい。

わたしは待ちきれなくて、まずは腕慣らしにと、軽いおもちゃを作ることにした。

名付けて『ボールを入れたら遠くに投げるよ装置』。

フェリルスさんはボールをキャッチする遊びが大好きなんだけど、一日に三時間も四時間も夢中になるから、すっかり辟易（へきえき）して誰も相手にしてくれなくなっちゃったのだそう。

そこでわたしは、フェリルスさんがボールを入れたら、自動で遠くに投げてくれる機械を考えた。

飛ばし方にもランダム性を持たせて、どこに飛ぶか分からないように調整。

「フェリルスさん、ちょっとこの穴にボールを落としてみてもらえませんか」

「なんだ、それは？　妙な魔道具だな！　それで俺を倒そうっていうのか!?」

「しませんってば。とにかく、ボールをくわえて、ここに入れてみてください」

「いやだ！　俺のように賢い魔狼（まろう）が、なぜこんな児戯のような真似（まね）をせねばならんのだ!?」

わたしはもう自分の手で入れることにした。

ボールが穴の中に吸い込まれ、しばらくすると動力源が横からボールを押し出して、ぽーんっと遠くに弾き飛ばした。

「おおおお!? 飛んだぞ!?」

「名付けて自動キャッチボール装置です」

「分かったぞぉっ! 俺が! この穴にボールをセットすることによりっ!! ひとりでもボール遊びができるということだな!?」

「そうです」

「やはりそうだったか! 賢い魔狼の俺にかかればこの程度のことはすぐに分かってしまうのだ! ワオォォォーンッ!」

遠吠えをするフェリルスさんはどう見てもおバカっぽかった。

フェリルスさんはひとっ走りしてボールを拾い、自動キャッチボール装置に入れた。

ぱこーんっと、軽快な音を立ててボールが飛ぶ。

フェリルスさんは尻尾を振り乱して猛追していった。

後ろ脚のバネを使っての長大なジャンプ。

そして空中での華麗なキャッチ。

フェリルスさんが、『どうだ!』というように尻尾を振りちぎっているので、わたしは拍手した。

「わぁ、すっごいです! けっこう飛ぶ範囲を広く取ったつもりなんですけど……もう少し広くしてもよかったかな?」

ぺっとボールを床に置いて、フェリルスさんがもっふもふの胸毛を反りくり返らせる。

「俺に挑戦させたければ、一キロは飛ばさねばな！」

「お屋敷に当たっちゃいますって」

フェリルスさんは気に入ってくれたようで、次々にボールを入れてはキャッチしていた。

一回転捻(ひね)りからのキャッチ。

待ち構えてからのジャンプキャッチ。

手ではたき落としてからのキャッチ。

ぜはぜはぜひぜひ言いながら遊んでいた。

「すごいぞリゼ！　やるなリゼ！　お前の発明はこの俺も認めざるを得ない！」

「ありがとうございます」

尻尾を振りちぎって遊んでいるフェリルスさんに、わたしはちょっと切なくなった。

「これでもう、わたしがお散歩係から外れても大丈夫そうですね」

「なんだとう!?」

フェリルスさんは向こうから一目散にわたしめがけて走ってきた。

どーんとわたしにタックルをかます。

わたしはフェリルスさんに押し倒されて、芝生の上にすっ転がった。

「なんでお散歩係をやめるなどと言うのだ!?　何が不満だ!?　言ってみろ！」

フェリルスさんはすごい剣幕だった。

「わたし、そろそろこの家を出ていかないと」

「俺が走らせすぎたせいか!?　だが筋肉は裏切らない！　体力をつけて悪いことなど何もないぞ！　そうだ何もない！」

「いえ、そうではなく」

「ボール投げに飽きたのか!?　人間はすぐに飽きるからな!!　そんなに嫌なら言えばよかったのだ!!　俺はひとりでも遊べる賢い魔狼なのだからな！」

「フェリルスさん……」

「お前がどうしてもというのなら、ご主人に一番愛されているペットの座も譲ってやってもいい!!」

「それはいらないです」

「なら、なんだというのだ!?　俺は……俺は……お前と遊べるのが楽しかったのに……！」

フェリルスさんがキュンキュンと悲しく鳴く。

わたしもフェリルスさんが愛(いと)おしくなって、抱きしめた。

「ディオール様とわたしは好き合ってる訳じゃないので、婚約も一時的なものだったんです。そろそろ解消の時期なんですよ」

「何を言っている？　好き合っているだろう？」

「いえ、全然」

「俺の鼻は誤魔化せんぞ！」

フェリルスさんはピンクでちょっと湿ってるお鼻をすぴすぴさせた。

「俺たち魔狼族は、匂いで人間の嫌な気分といい気分が大雑把に分かる！　ご主人は、リゼと一緒にいるときかなりいい気分だぞ！　俺が骨付きチキンを夕飯に出してもらったときくらいウキウキワクワクだ!!」

好きな物が出たときのフェリルスさんは雄たけびを上げてグラウンドを二十周くらいするので、食堂からでも分かる。

「お前はご主人が一番好きな人間と言っても過言ではないだろう！　だが忘れるな！　ご主人にもっとも可愛（かわい）がられているペットはこの俺だ!!」

「フェリルスさんは世界一かわいいです」

わたしは何かもういろいろと負けた気分で、たてがみを思うさまモッフモフした。泣けるくらいふかふかだった。

――結局、みんなにディオール様をよろしくされちゃったなぁ。

夕食の席でこっそりディオール様の顔を盗み見る。

ディオール様は相変わらず虫歯でもこらえてるのかなってくらい不機嫌顔だった。

ふと目が合う。

ディオール様はくしゃりと笑ってくれた。

たぶん、食べっぷりが面白かったかなんかしたんだと思う。

それでも、何をしても怒られているようで怖かった最初のころとは大きく印象が違う。

少なくとも、嫌われてはいないのかなと思えるようになった。

姉の新作発表会で火傷(やけど)を負った三人のうち、ふたりまでの治療を済ませて、最後のひとりと面会することになった。

「ほら、君に突っかかって泣いてた女がいただろう。あの娘だ」

「あぁ～……あの、金髪のくるんくるんの美少女ですね」

ディオール様にふさわしいのはわたくしよ、とかなんとか言ってた気がする。

可愛い子なのに辛(つら)く当たるディオール様にびっくりしたっけ。あれってなんでなんだろう？

怖いもの見たさで聞いてみることにした。

「あの……ディオール様は、あの子のこと、どう思っているのでしょうか」

「厄介な相手だ」

ディオール様は歯牙にもかけない。

「彼女はウラカ、サントラール騎士団長の娘だ。サントラール騎士団は領内での魔物討伐件数の圧倒的多さから、国内最強と言われ、団長はわが国の副王と陰であだ名されている。つまりどういうことかというと――」

「というと？」

「下手に関わると、私の首が飛びかねない」

と言いつつ、ディオール様は全然怖がってなさそうだった。

「私の公爵位は国王から叙爵されたものだ。受けた時点で私は国王派閥に組み込まれたことになるが、なぜか複数の陣営が、ウラカをはじめとして、様々な少女を送りつけて私を懐柔しようとしてきた。だから私は女嫌いで通していた」

かなりドロドロの事情だった……！

告白します。単に偏屈だからかと思っていました。ごめんなさい。

「政治的な事情もあるが、個人的な好き嫌いもある。ウラカ嬢のプライドは山より高い」

「うちのお姉様よりですか？」

「いい勝負だな」

怖い人じゃないといいんだけどなぁと思いながら向かった先はとっても大きな屋敷だった。

すごっ。ロスピタリエ公爵邸ほどじゃないけど大きいし、内装も凝ってる。

ウラカ様はベッドから上半身を起こしていた。

「本当に責任を取っていただけるのでしょうね？　あなたの姉が起こした不祥事のせいでわたくしは傷物にされたのよ」

「まことに申し訳ございません」

……顔は似てないけど、確かに雰囲気はそっくり。

「見なさい、この傷痕を！」

ウラカ様は、同伴のディオール様をチラリと盗み見ると、びっくりするような行動に出た。

豪華なバスローブ（たぶん貴族の室内着）の前をはだけて、綺麗な身体(からだ)を晒したのだ。

ディオール様の行動は素早かった。スッと無言で下がると、部屋を出ていき、パタン、とわざと大きく音を立ててドアを閉める。その間、一秒もなかった。

あとに残されたのは最悪の空気と、顔を真っ赤にして今にも泣き出しそうなウラカ様。

「あ……あの」

「どうしてっ！　あの方はっ！　わたくしにちっとも興味を持ってくださらないの!?　一瞥(いちべつ)！　一瞥すらしてくださらなかったわっ……！」

「ポリティカルな事情みたいなことは言ってましたよ……あの……ウラカ様はすごくお綺麗だと思います、自信持ってくださ」

「あっっったり前でしょう弁(わきま)えなさい庶民風情がっ！」

「へえ……申し訳ありやせん」

ああ、本当にお姉様と同タイプだなぁと思いながら、わたしはわざと庶民なまりで答えた。

ウラカ嬢はみるみるうちに目を潤ませた。

「ちがうわ……当たり散らしたりしてごめんなさい。わたくし、あなたを憎みたくなんてないのに……わたくし自身にも感情の始末がつけられないのよ……！　本当にごめんなさい……」

わたしは、お？　と思った。

姉なら、こんな風に自分が悪いと認めるようなことは絶対言わない。

真っ当にやっても勝てなければ相手を引きずり落として当然、というタイプだ。

「あなたのことも聞いたわ。先代の王妹のお孫様でいらっしゃるんですってね。血筋ならあなたの方が上、ディオール様のご寵愛ぶりも明らかとなれば、きっともうわたくしに脈なんてないのでしょう。それでも、諦められなかったの……あなたのご婚約者様なのに、はしたない真似をしてごめんなさい……」

　ほろほろはらはらと泣き崩れるウラカ様に、わたしは耐えられなかった。

「だ、大丈夫ですウラカ様、ウラカ様ならきっとやり直せます！」

　自分が悪いと思える心があるならまだ大丈夫だと思う。

「ありがとう……優しいのね、あなた」

　ウラカ様が涙をぬぐいながら言う。

「わたくし、あの夜に失礼なことも申し上げたわ。それなのにこうして治しにきてくださったんだもの、ディオール様が惹かれるのも当然よね」

「いやぁ……あはは」

　大人の政治事情は難しいね。

　わたしには曖昧に笑うことしかできなかった。

「もしもディオール様がわたくしに見惚れるようなら、火傷の痕の責任を取ってと迫るつもりでしたけど、もう無意味なのでしょうね」

「綺麗に治して、別の男性を見つけた方が絶対にいいと思います」

「本当に、傷痕を残さずに治してくださるの？」

「もちろんです」

ウラカ様は初めて、わたしに笑顔を見せた。

「リゼ様。よろしくお願いします」

わたしはウラカ様が今よりも綺麗になりますようにと念じながら、移植用の皮膚を作った。

手術は無事に成功し、ウラカ様は後日、わたしのお店に花束を持ってお礼に来てくれた。

「ありがとう……わたくし、きっともっといい男を捕まえてみせるわ」

「その意気です、ウラカ様！」

ウラカ様は綺麗だし、わたしが男でも放っとかないだろうから、すぐにいい人が見つかるよね。

「それにしても、魔道具店って面白いのね。アクセサリーしか売っていないと思っていたわ」

「魔力と【魔術式】が組み込まれてるモノは、全部扱ってます」

「全部……」

ウラカ様はきょろきょろとあたりを見回して、物珍しそうにしている。

「とはいえ、今回のは、本来なら医療用の聖魔法とか、錬金術の範囲なので、許可がないと作れないみたいなんですけどね。今回は第一王子殿下が手を回してくださったみたいで」

「そうだったの……わたくし、とても幸運だったのね」

ウラカ様はわたしが作った展示品を見て、その中のひとつに目を留めた。

「綺麗ね」

「魔石のお守りです！　黄色い魔石は幸運を運んでくるって言われてます。モチーフのお花は、

『再出発』とか、『新しい希望』って意味があるようですよ」

ウラカ様はいいことを思いついたというように、手を打ち合わせた。

「ねえ、わたくしにもひとつこしらえてくださらない？　わたくしも、前を向きたいの。ディオール様のことを忘れて、新しい恋を見つけられるような、そんなお守りはないかしら？」

わたしは植物図鑑を引っ張ってきた。

「これとか、花言葉は『新しい恋』ですね」

「ちょっと派手すぎるわ」

「じゃあこっちは？　『別れの悲しみ』『心の平穏』『休息』」

「少し暗いわね」

「この花は『予期せぬ出会い』だそうです」

ウラカ様はじっとそのお花を見た。

気に入ってくれたみたい。

わたしはスケッチブックにささっとラフ画を描いた。

「『再生』の意味があるこのお花と一緒に、こう、花束にしたブローチはいかがでしょう？　花弁には魔石をたくさん並べて、台座は最小限で、キラキラに」

「いいわね」

「女性がより素敵に見えるおまじないとかもちょっと盛り込めますよ！　こう、下からほんのり明るく照らす【魔術式】を入れると、顔の陰影が飛んで、綺麗に見えるんですよ」

「なるほど……そういうのもあるのね」

わたしは展示品のブローチをほんのり輝かせて、ウラカ様に持たせた。

すかさず鏡で確認してもらう。

「どうですか？　顔色が明るく見えませんか？　夜、暗いところでおしろいをぬっていると、より映えますよ！」

「なんだかいつもより綺麗に見えるわ」

「ウラカ様は元から美少女ですから、小細工なんて必要ないんですけどね」

ウラカ様はふふんと微笑んだ。

「いいわ。あなたはよく分かっているようだから、買ってあげる」

「ありがとうございます！」

こうしてウラカ様は、わたしが営業した初めてのお客さんになった。

久しぶりの魔道具づくり、嬉しいなぁ。

せっかくだから、丁寧に作ろう。

わたしがゼラニウムとラッパズイセンの花束を持って、お屋敷の大広間の隅っこに座っていたら、ディオール様が遊びに来た。

暗い部屋でじっと座っているわたしを見るなり、ディオール様は盛大に吹き出す。

「何をしてるんだ？」

「色味の観察を……暗いお部屋だとどういう色になるのかなぁって」

「そうか……悪魔召喚の儀式かと思った」

まぁ、暗い部屋に魔石とかを並べて床に座ってたら、確かに怪しい儀式みたいに見えるのかもしれないけど。

わたしは「真剣なのに」とむくれた。でも、ディオール様はまだ笑っている。

「こう……黄色みのある魔石を並べてお花のモチーフにしたいのですが、色合いが決まらないんですよね」

わたしは床に直接並べた魔石に蠟燭(ろうそく)の火をかざして、いろんな角度できらめかせた。

「どう思いますか?」

「それは客に聞いた方がいいだろう」

「そうなんですけどね」

どんなドレスにも合わせたいのなら色味は薄い方がいい。でも黄味が強いのも、蠟燭の火に映えておしゃれ。

「グラデーションにするとか……でもそうすると一粒一粒が小さくなりすぎるかなぁ……」

わたしがぶつぶつぶやいていると、ディオール様はすとんとその場に座り込んだ。

「それで、結局婚約は解消するのか」

ディオール様に聞かれて、わたしは固まってしまった。

最終的には、しないとならない。

でも、今したいとは思えない。

自分の気持ちをなんと言い表したらいいのか分からなくて、わたしは黙ってしまうことになった。

ディオール様が何も言わないわたしに焦れてか、自分から口を開く。

「……フェリルスには、リゼを追い出さないように大泣きで頼まれた」

「フェリルスさん……」

「『誇り高い魔狼』が聞いて呆れる駄犬ぶりだった」

フフッと笑ってしまったわたしに、ディオール様が淡々と続ける。

「君がどうしてもあの魔狼には付き合いきれないというのなら、解消も視野に入るが」

「そんなことないです！　フェリルスさんはとってもかわいいですし、お散歩係も楽しく務めてました……なのに、もうお別れだなんて……」

フェリルスさんのキューンキューンという悲しい鳴き声を思い出したら、わたしも泣けてきた。

「……なぜ泣く？」

「だって……」

ディオールさまが手を伸ばして、わたしの涙をぬぐってくれる。

「泣くほど嫌なら、無理に解消することもないだろう」

「……はい」

わたしはまだ、この家から離れたくない。

「わたし、やっぱり、もうちょっとだけ、ディオール様の婚約者でいさせてください」

「ああ」

みんなと一緒にいられる。

こんなに幸せなことはないと思った。

「私からも、君の店にひとつ注文したい」

ディオール様がわたしに向ける瞳も、以前よりずっと優しくなった。

「私が身に着ける用のネックレスをひとつ」

「ディオール様が……ですか？」

この国で、男性がネックレスをすることはほとんどない。

「石は任せる。魔石でも宝石でも構わない」

「いいですけど、どの石にしても、かなり人に注目されると思いますよ？」

「それでいいんだ」

ディオール様はわたしの手を取った。

「リヴィエールを私にくれないか」

あ、なるほど。

メッセージジュエリーってことですね、と、わたしは納得した。

わたしの苗字(みようじ)――たぶん由来は一列の宝石(リヴィエール)で、おばあさまが魔道具店にちなんでつけた名前――を、身に着けることにより、婚約者のわたしを匂わせるっていう、バカップルの遊び。

女避けのお守りにしたいって意味なんだと思う。

……でも、言い方が紛らわしいよね！

「分かりました！　女性から忌避されるように、派手派手な感じでお作りしておきますね」

ちょっとドキッとした自分を誤魔化したくて、わたしはわざと明るい声を出した。

「約束したからな」

ディオール様がわたしの手にキスをする。

この人わたしの手好きだよなぁ、と、過去にちゅっちゅちゅちゅっちゅされまくったことをつい振り返ってしまった。

ちなみにわたしの育った下町だと、手の甲にキスするようなお上品な文化はない。

だからわたしも、ほっぺにちゅーはそんなに恥ずかしくないんだけど、手の甲ちゅーは少しくすぐったい。

お貴族様なんだなぁって思うから。

「では、これは君に」

ディオール様がわたしの左手の薬指に、金の指輪を嵌めてくれた。

女性が身に着けるには少し幅広で、おそらく年代物。もしかしたら男性用だったのかもしれない。

これは金の指輪です！　と思いっきり自己主張するかのような、ちょっと成金っぽいデザインだ。

眺めていて、ようやく思い出す。

ディオール様のお名前は、『黄金の』といったような意味の由来を持つ。

つまりこの指輪もまた、恋人関係を匂わせる、バカップルの遊びだ。

「これでもうちの実家に伝わる由緒正しいものだ。しばらくは身に着けているように」

「は、はい……」

女もののネックレス（リヴィエール）のディオール様に、男ものの黄金指輪（ディオール）のわたし。

絶対に人からからかわれることは間違いない。

『ラブラブねー』

などと言って冷やかされる光景が目に浮かぶ。

うわあ、恥ずかしいだろうなぁと思いつつ——

そんなに嫌じゃない自分がいた。

それにしてもちょっと野暮ったいデザインだなぁとじっと細工を確認していたら、ディオール様がくすりと笑った。

「時間のあるときに、金の髪飾りでもブローチでも、好きな物を作るといい。いくらかかっても構わないから、君の好きなデザインで」

「そんなの、別にいいですよ……」

「君がいいなら、実家から年代物をどんどん持ってくるが。古くさいアクセサリーで埋め尽くされたいか？」

「い、いえ……」

「君が金のアクセサリーをつけるのは義務だ。拒否は許さない」

「ですよねー……」

「せめてデザインぐらいは好きなようにするといい」

結局わたしはディオール様に押し切られて、金のアクセサリーを作ることになったのだった。

細工と彫金は好きだから、いいんだけどね。

でも、自分で身に着ける品なんて、考えたこともなかった。

どうしようかなぁ。

――その後、わたしはかなり長い間、指輪について悩むことになった。

幕間　フェリルスがリゼのためにひと肌脱いでやった話

フェリルスは魔狼だ。長い長いときを、雪の大地を駆け回ることに費やしてきた。

魔狼の生活は忙しい。少しでも暖かい場所にねぐらを作らなければならないし、狩りの練習は入念に行う。栄養のある獲物を見つけたら必ず仕留めねばならないからだ。ときには群れを守って戦いもし、つかの間の平和には、ふさふさの毛が生えるようにがんばる。特に最後のところは重要だった。貧弱な毛しか生やせないやつから先に死んでいくのである。

フェリルスの毛は立派だった。たてがみ状の豪奢な首の毛、鳩のように立派な胸毛。雪景色に溶ける白銀の全身。今は暑い国にいるため、ずっと短い毛しか生えていないが、故郷にいたときのフェリルスは群れで一番だったと言っても過言ではない。この毛は魔狼の誇りだ。

だからフェリルスは、今日も立派な毛を生やそうとがんばっている。

フェリルスはその気になればまったく気配を感じさせずに忍び足で歩き、ドアなどを開けることができる。

フェリルスはいつも通り、誰もいない深夜に、そろり、そろりとキッチンに侵入した。

いつもは誰もいないのだが、その日は先客がいた。

（あれは……ピエール！）

フェリルスにしてみれば人間はみんな生まれたての子ども同然だが、ピエールは特に小僧っこのような見た目をしている。

子どもは寝ている時間だというのに、ピエールは元気に小鍋を下ろし、何かを取り分けていた。

「これでよし……と」

器に盛られているのは、卵入りの麦がゆのようだった。生意気にも、フェリルスが盗み食いしようと思っていたチキンが入っている。あれはフェリルスが立派な毛を生やすのに必要なのに！

許しがたいと感じたフェリルスは、バウバウと鳴いて抗議した。

「おい、ピエール！　俺の肉をどこに持っていく気だ！」

「あ、フェリルス！　また盗み食いですか!?　いい加減にしないとご主人様に言いつけますよ!?」

「この切れ端はどうせ捨てるやつだろう！　だったら俺が食っても問題ない!!　俺は環境に優しい精霊なのだ!!」

「馬鹿なことを……とにかく、今日はフェリルスの分などありません。毛が入るからさっさと出ていってください！」

ピエールはフェリルスを追い出すと、キッチンに大きな錠をかけてしまった。これではもう入ることができない。

がっかりするフェリルスをフンと鼻で笑ってから、ピエールは麦がゆをトレイに乗せて、廊下の曲がり角に消えていった。

（ピエールのやつ、やけに嬉(うれ)しそうだな）

オオカミは鼻がきくので、匂いで人間の感情が分かる。嬉しそうなときは、嬉しそうな匂いがするものなのだ。

（どこに行くのだ？）

ご主人のディオールに差し入れでもするのだろうか。なら、ご主人は頼めば肉を少し分けてくれるかもしれない。

フェリルスはそろりそろりと、忍び足でつけていった。

ピエールが向かった先は、リゼの部屋だった。

コンコン、とノックをして、ドアの内側にささっと入る。

（リゼだとう!?　ひょろひょろの人間のくせに、俺の栄養を取ろうとは生意気な……！）

フェリルスが憤慨して、しゅるりと音もなく侵入を果たすと、ピエールはにこにこ顔でリゼに夜食を差し入れていた。

「すみません、こんな夜中に……」

「いえいえ！　リゼ様の食欲が旺盛なのはとてもいいことですので！　ご主人様もお喜びになりますよ！」

リゼは、あつあつの麦がゆを、はふはふと急いでかきこんでいた。

それを見つめるピエールの目つきときたら、実に嬉しそうなのである。

「えへへ……おいしいです」

ふにゃふにゃの笑顔のリゼも、ピエールに負けず劣らず嬉しそうだった。

（なんて軟弱な顔なんだ！）

あんな顔は、魔狼の子どもくらいしかしないだろう。

魔狼は子育てに熱心で、群れの子を大事に育てる習性があるから、リゼの愛らしさはフェリルスにもぼんやりとだが感じ取れる。

見た目が子オオカミに似ているので、いつもは盗み食いに口うるさいピエールも、デレデレしながら餌を与えてしまうのだろう。

（まったく、嘆かわしい！　オオカミは強く優れた個体を尊ぶというのに！　どいつもこいつもリゼばかりちやほやしやがってっ！）

イライラしながら見ていたら、リゼがピエールの背後にいるフェリルスに気がついた。

ただでさえふにゃふにゃの顔が、もっと幸せそうに溶ける。

「フェリルスさん！　どうしたんですか？」

「げえ、フェリルス……どこから入ってきたんですか」

嫌そうな顔のピエールは無視して、リゼにびしっと格好よく言ってやる。

「ピエールが俺の夜食を取っていったのだっ！　そのチキンは!!　俺のだぁぁぁっ!!」

「そ、そうだったんですか？　すみません……！」

リゼはわたわたとしてから、スプーンにチキンをすくって、差し出した。

「どうぞ」

差し出すリゼに、フェリルスは、形容しがたいものが胸に生じるのを感じた。

温かいような、優しいような……ほわほわした感情だ。

「ふ……ふんっ！　今日のところはお前に譲ってやる!!」

「え……いいんですか？　でも、おなかすいてるんですよね？」

フェリルスは空腹を我慢して、叫ぶ。

「いらんといったらいらぁぁぁんんっ！　お前はまだまだひょろひょろの半人前っ!!　早くこの俺のように立派な成獣にならねばならんっ!!」

するとリゼは、真面目くさった顔を作って、姿勢を正した。

「は、はい！　がんばります！」

キリッとした顔をしていてもリゼはリゼ。

微妙に間の抜けた表情に、フェリルスはまた不思議な気持ちを味わったのだった。

ある日の午後、フェリルスは屋敷の中を警備で巡回していた。ご主人がいない間、住処（すみか）に異常がないかチェックするのがフェリルスの使命なのである。
正門前——異常なし。門番にひとしきりなでなでをさせてやる。
夏に涼むのにぴったりのプラタナスの木陰——異常なし。フェリルスの力で水を撒（ま）いてやった。大きく育てよ。
寝心地のいい芝生——異常なし。今日も洗濯物がたくさん翻っている。

屋敷の中をのそのそと歩いていたら、メイドのクルミがティーセットのワゴンを押していた。

鼻をくすぐる甘い匂い。きっとケーキに違いない。リゼのティータイムなのだろう。

フェリルスはタタタタと足早に近寄っていった。

「よう！　リゼのティータイムなら俺も付き合ってやってもいいぞ！」

「まあ……リゼ様もお喜びになります」

クルミに付き添って、室内に入っていく。

リゼは手紙を書いていた。なんらかの【生活魔法（コモン・マジック）】を使っているらしく、複数の便せんに文字が勝手に書き込まれていく。

「あ、フェリルスさんだ」

リゼはにへらーと崩れた笑みを見せた。気の抜けたこの顔など、実に魔狼の幼獣そっくりである。かわいいのでつい世話を焼いてしまうのだ。

「喜ぶがいい！　ご主人の愛されペットであるこの俺が一緒に茶を飲みに来てやったっ！」

「えと……ありがとうございます」

リゼは照れたようにしつつ、ケーキをひと切れ差し出した。つられてほわーと和んでしまってから、フェリルスは気をしっかり持とうと己を叱咤（しった）する。

「先日、リゼ様がいちごのクリームをおいしいとおっしゃっていたことを、製菓のシェフが覚えておりまして、今日はムースに仕立てたと申しておりました」

「わぁ、そういうの大好きです！」

ニコニコしているリゼとクルミ両方から、楽しい、嬉しい匂いがしている。

魔狼は群れの仲間との絆(きずな)を何より大事にする。仲間同士が仲良しだと何より嬉しい生き物なのだ。

フェリルスもご相伴にあずかり、ご機嫌でムースをぺろぺろと舐(な)めた。

縄張りが平和で、仲間もハッピー、食べ物は分け合えるほどたくさんある。

なんてくつろげる空間なのだろう。

フェリルスは群れをまとめているご主人のすごさをムースと一緒に噛(か)み締めた。

別の日、フェリルスは猛然と道を走っていた。

だって、リゼが言ったのだ。

——わたし、そろそろこの家を出ていかないと。

フェリルスは悲しくてやるせなくて苦しくて、それでご主人の仕事場に向かって全力疾走しているのである。

リゼはふにゃふにゃしていて頼りなくて子オオカミみたいだが、なかなか勇気もあることだし、これからもっと鍛えてやって、どこに出しても恥ずかしくない、立派な魔狼の眷属(けんぞく)にしてやるつもりだったのだ。

それなのに、出ていこうなんて勝手すぎる。

やはり散歩の時間が長すぎたのがよくなかったのかもしれない。フェリルスにとってはほんの戯れ程度の距離だが、よちよちのリゼにはちょっと大変だったのだろう。それなら距離を減らせばいいだけだ。何の問題もない。

それに、ボール投げに付き合わせすぎたのも人間には負担だったのかもしれない。ご主人も、ボール投げは十分ぐらいで飽きてしまう。リゼがはりきってへろへろの球を投げるので楽しく遊んでいたが、そんなに嫌だったなら言えばよかったのだ。フェリルスはボール遊びぐらい、ひとりでできるのだから。

急に出ていくなんて言わないでほしかった。一緒にいてほしかった。

フェリルスは走って走って、ご主人の仕事場に到着した。

受付の困惑したような声を無視して駆け上がり、ご主人がいつも書き物をしている一室にダッシュで駆け込む。

「ご主人んんんん！」

ご主人は目を丸くした。

「フェリルス？　今日はお前の仕事はないと——」

フェリルスはご主人の膝に飛びついた。ずびずば洟(はな)をすすっているフェリルスを見て、ご主人が驚きの声を上げる。

「泣いているのか？　どうした？　どこか痛むのか？」

フェリルスは涙でぐしゃぐしゃの顔で、声を張り上げる。

「リゼを追い出さないでくれええええええ！！！」

酷いだみ声の訴えに、ご主人は戸惑っている。でも、構わなかった。

「あいつはやるやつだっ！　走る距離も伸びてきたし、声が小さいのともごもご喋るのも治ってきた！　きっと将来は立派な狼になる！　俺がちゃんと毎日世話をするから……だから、家に置いてやってくれえぇぇ……」

フェリルスはもう泣きすぎて言葉にならなかった。キューンキューンと悲しいときの鳴き声があふれてくる。

そんなフェリルスを、ご主人は優しく撫でてくれた。

「追い出すつもりはない」

「！　ほ、本当か、ご主人!?」

「ああ。リゼが勝手に遠慮しているんだ。私の結婚の妨げになると」

「そ……そうか……そうだったのかっ……！」

フェリルスがぱあああっとした気分に任せて尻尾をぶんぶん振ると、ご主人は愛おしそうにフェリルスの胴体をぽんぽんと叩いてくれた。

「フェリルスがリゼと仲良くしてやれば、思いとどまるはずだ」

「そうだったのかっ！　分かったぞ、ご主人！　俺に任せておけっ！」

「頼りにしている、相棒」

「ご主人……！」

そうと分かればフェリルスがひと肌脱いでやるしかあるまい。なんといってもフェリルスはご主人の相棒なのだから、群れを守るのもフェリルスの大事な仕事だ。

「それだけ言いにここまで来たのか？」

「……緊急事態だったのだっ！」

「そうか。まあ、そうだな」

ご主人は冷淡に言ったが、魔狼の鼻は誤魔化せない。嬉しそうな、楽しそうな匂いをさせていることくらい、フェリルスにはお見通しなのだ。

「君たちはまったくもって幸せそうで何よりだ」

皮肉っぽく言うご主人こそ、フェリルスやリゼといるときにはとても幸せそうな匂いをさせていることなど、きっと知らないのだろう。

やはりフェリルスはご主人にもっとも愛されし魔狼だったのだ。

そのことが分かって、フェリルスはご機嫌だった。安心したらなんだか眠くなってきたではないか。フェリルスはご主人の仕事場に作ってある専用スペースに寝転がった。いくらもしないうちに、毛布の上で、すやすやと寝息を立て始める。

そんなフェリルスを見て、ご主人がよりいっそう幸せそうな匂いをさせていたので、安らかに昼寝ができたのだった。

できることをひとつずつ積み重ねて、とうとうわたしはお店を再開できるところまでこぎつけた。

「以前と品質が変わらないね。これからもよろしく頼むよ」

「ありがとうございました！」

わたしは笑顔でお客様を送り出した。一気に緊張が解け、はーっとため息をつく。

——わたしはお店を再開するにあたって、お得意さんたちに手紙を送ることにした。

代替わりして新装開店すること。

あと、お父様とお母様が迷惑をかけた分のお詫(わ)びも添えて。

以前から取引があった洋裁店の人なんかからお返事が来て、いくつか商品を卸したら、おおむね好評をもらったのだった。

わたし、これまでずっと裏方で雑用ばっかりしてたから、お得意さんたちと顔を合わせたことがなくて、どうなるか不安だったけど、今のところは問題ないみたい。

「お店って思ったより儲(もう)かるんだなぁ」

受けた依頼分だけでも、ステーキが十回は食べられそうな金額になった。

これだけあったら、ディオール様にもお食事を奢(おご)ってあげられるかも！

ディオール様って何が好きなのかな？

鼻歌交じりに評判のいいレストランのガイドブックを眺めていたら、またお客さんが来た。

「こんにちは！　いらっしゃいま……せえぇぇぇ!?」

アルベルト第一王子だった。高貴そうな女の子や、護衛みたいな人も連れている。

わたしは反射的に立ち上がって、オロオロした。

だって、お店に王子様が来たときのマニュアルなんて知らない。

ゆ、床？　床に膝とかついたらいいの？

わたしが地べたに伏せたら、アルベルト王子が慌てた声を出した。

「なにしてるの？　いいよそこまでしなくても、顔を上げて」

いい人なところも変わってない。

「どっどどどどうぞ、かけてお待ちください！」

王子が来たからには、お茶くらい出さないとダメだよね。

でもうち、そんな高級茶葉とか置いてないんですけど！

おそるおそるお茶を出すと、アルベルト王子はきらめく笑顔を見せてくれた。

「ありがとう、さあ、君も座って」

「いいいいいのですか？」

立ってた方がいいのかなと思ってたけど、王子優しい。

「こっちは妹のマルグリット」

マルグリット様は、なぜかわたしに身を乗り出してきた。

「あなたがアルテミシア様のゴースト魔道具クリエイターだった方？」

「は、はい……」

マルグリット様は目をキラキラさせてわたしの手をがしっと摑んだ。

「そうだったのね！　わたくしずっとアルテミシア様のドレスの大ファンだったの！」

「あ……それは姉のデザインで」

「軽くて、暖かくて、肌触りがよくて、最高だったわ！」

【魔糸】には軽微な魔術が練り込める。

たいていは重量の軽減だったり、保温性、あるいは夏なら冷却性を高めたりする【魔術式】だ。

高位貴族には、【魔織】のドレスでなければ不快でとても着ていられない、という方々も存在するくらい、重要な技術だった。

【魔糸】や【魔織】などの素材だけを洋裁店に卸すこともあるけれど、デザインも含めてトータルで設計をした方がより高機能化しやすい。

だから【魔織】のドレスは、うちの主力商品だ。

「しかも、なんでしたっけ？　ゴムやファスナー？　で、ひとりでも着られるではありませんの！　あんな素晴らしい発明、埋もれさせるのはもったいなくってよ！」

「ありがとうございます……」

姉のドレスのデザインセンスは抜群で、わたしでも敵わないくらいだった。

でも、実物のディテールは確かにわたしの発想と技術だ。

ちゃんと認めてくれる人がいたんだと思うと、わたしはなんだか感激してしまった。

「あの素敵なドレスをお作りになる方が姉上になってくださるものとばかり思っていたのですけれど……」

マルグリット様がしゅんとうつむいた。

隣のアルベルト王子も、そっと口を挟む。

「今日は君にお詫びを言いに来たんだ。私もずっと君が真の製作者だと見抜けなかった。そのせいで、あんな事件も起こしてしまって……」

「いいいいえ！　恐れ多いです!!」

「わたくしもお詫びしたい気持ちでいっぱいですわ。あなたが得るべき栄誉を、別の方に間違えてあげてしまっていたんですもの……」

王子様と王女様が揃ってわたしに頭を下げている。

いったいどういうことなの。

「あの……結局、あのあと、姉はどうなったんですか？」

アルベルト王子はお付きの人に合図をして、盗聴防止用らしき風の魔術を作動させた。

外界から隔絶された空間で、アルベルト王子が声を潜めて言う。

「アルテは監獄に収容されることが決まっている」

あちゃー、と思ったけど、そりゃそうだよね。

貴族の皆さんに怪我させちゃったんだし、無罪で済む訳はない。

「でも、国王と一部の人しか知らない措置だから、口外無用でお願いしたい」

「もちろんですが、すると、殿下との婚約は……」

「近々解消になるよ。まだ発表はできないけどね」

王族は大変なんだなぁ。

「その前に、わたくしたちには為すべきことがありますの」

マルグリット様がキリッとしたお顔で言う。

「火だるま舞踏会のせいで、王宮への信用はガタ落ちで、すっかり閑散としてしまったのですわ」

「そんな……」

姉のしたこととはいえ、わたしにも責任の一端があるので、胸が痛い。

「こんな騒ぎを起こして、君まで巻き込んでしまって、申し訳ないと思っている。しかし、この国を守るために、もうひと肌君に脱いでほしいんだ」

アルベルト王子まで、深刻な顔をしていた。

「君がアルテやウラカの火傷あとを治してくれたのは本当にありがたかった。素晴らしい技術で、表彰したいのは山々なんだけど、あの舞踏会のことを広める訳にも行かない。そこで、新たなパーティを開いて、アルテの顔が元通りであることを周囲に示したいんだ。進んで協力させるために、婚約を破棄することや、有罪が決まっていることなんかはまだ伏せてある」

「なるほど……」

姉は異様にポジティブだから、自分のことは許されたのだと思って、ウキウキで協力するに違いない。騙し打ちみたいで可哀想だけど、姉自身が王子を騙していたんだから、しょうがないよね。

「同時に、あの革新的なドレスの数々の、本当の製作者があなたであることを大々的に公表したいと思っておりますの！」

キラキラした瞳で、マルグリット様。

でも、わたしは瞬時に母親や、姉の仕打ちを思い出して、げっそりした。

ふたりとも、わたしが珍しい物を作ると、すぐに機嫌が悪くなってたんだよね。

「わたし、そういうのはちょっと……」

「まあ、なぜですの？　ご自身の功績はきちんとお示しにならねばなりませんわ！」

「でも、そうすると、変な恨みも買いますし……」

「もちろん私たちが守るよ。どうかこれも国のためだと思って、引き受けてほしい」

アルベルト王子は真剣だった。

「あれ以来、魔道具の危険性が話題に上るようになってね。魔道具の利用を禁止にすべきだという意見まで出ている状態なんだ」

禁止は困る！

わたしのお仕事も廃業になっちゃう。

「この国の魔道具開発を守るためにも、わが国には優れた魔道具師がいるのだと宣伝したい。そのためには、君の力が必要なんだ」

「リゼ様のお作りになった魔道具が素晴らしいことは議論の余地がありませんわ。大々的に紹介すれば、きっと宮廷の皆さんも気に入ってくださるはず」

「アルテが作ったと嘘をついていたものを、すべて君の作品だと発表し直したい」

そうすると、姉はまず間違いなく怒るだろうなぁ。

「君のためにもなると思う。魔道具師としての名前を一気に売るチャンスだ」

「そしてまたあの素敵なドレスをわたくしに作ってくださいまし！」

ふたりが熱心に言ってくれたので、真剣なのだということが伝わってきた。

「……分かりました」

正直、姉のことはまだちょっと怖いけど、これは克服するにもいい機会なのかもしれない。

わたしは姉に煩わされる人生を終わらせて、楽しい人生を歩みたい。

自分の手柄を取り戻すんだ。

「わたしは何をすればいいんですか？」

「君には、このたび新設する予定の、王立の魔道具師協会の幹部になってもらう」

「えっ……わたし、そういうの、苦手で」

「細かなことはすべてこちらでやるから大丈夫。君は籍を置いていてくれるだけでいい。そして、君を幹部として迎えるに当たり、魔道具師の十等級を新設して、授与したいと思う」

この国には魔術師の十等級というのがあって、ディオール様が第二級の『竜級』だという話は以前にも聞いたことがあった。

第一級になると、貴族みたいな生活が送れるらしい。

でも、魔道具師にはそういう等級がまだなかった。

「それで、新たな十等級の振り分けについても君のアドバイスをもらいたくてね。これでどうだろう？」

彼はおいてあったメモ用紙に、さらさらと等級を書いてみせた。

魔道具師の十等級
十級　見習い（スピニング）級
九級　革細工（レザー）級
八級　彫金（チェイサー）級
七級　護符（アミュレット）級
六級　魔杖（トネリコ）級
五級　骨董（アンティーク）級
四級　魔獣素材（マテリアル）級
三級　魔剣（グラム）級
二級　魔石（ジュエラー）級
一級　伝説素材（レジェンド）級

「大雑把に、七級で一人前、六級で達人、五級以上は特別な功績を挙げた者に、とした」

わたしはちょっと首を傾げた。

「……一般の人には宝石加工の方が革細工加工よりも難しいのかと思われてしまうかも……？」

わたしはどちらもできるけど、必要な技能が違うだけで、どっちも難しい。

「そうだね。錬金術師の七級が魔銀なのにこちらは彫金師が八級に来ていたりと、名前と実際の実力に相関関係はないが、あくまで取引価格の相場をもとにしたイメージと思ってもらえれば」

「なるほどぉ……」

わたしは曖昧にあいづちを打った。

原価が高いほど相場も高くなるから、取引価格順ならこんなもんかな？

「君には十分な実績があるから、魔杖級からの授与としたい。審査用に、何かひとつサンプルを貸してくれないだろうか」

「わたしの作った物を……ですか？」

「そうだ。【魔力紋】がはっきり君本人の物だと分かる物だよ」

そういえば、わたしの【魔力紋】が百パーセント出ている魔道具って一個もない。

商品を作るときはいつも家族の紋様に合わせてきた。

わたしはお店を継いでまだ日も浅いけれど、ひとつ分かったことがある。

それは、職人にとって【魔力紋】は自分の作品であることの証だから、真似させない人がほとんどってこと。

父母だって、本当にわたしが雑用しかできない娘だと思っていたのなら、代理なんかさせなかったはず。わたしが作った粗悪品のせいで自分の名声が傷ついたら嫌だもんね。

でも、両親はそんな心配、一度もしていなかった。

わたしの作る物がいい物だと、無意識に理解していたからなんだと思う。

わたしの名前が絶対に表に出ないようにしていた理由も、今なら少し分かる。

『娘の方が腕がいい』と言われるのが、嫌だったんだ。

だから必要以上にわたしをグズだと叱りつけて、恐怖心でコントロールしようとした。

ディオール様に出会えていなければ、わたしは今でも姉や両親に怯(おび)えながらこき使われていたんだろうなぁ。

……よし。

わたしがお店を継ぐんだし、家族のことは終わりにしよう。

わたしが作れる最高のものを提出して、盗まれた成果も、わたしが得るべきだった名誉も、全部取り返そう。

わたしが作った物を、わたしの物だと、胸を張って言おう。

「何を出したらいいでしょうか？　うちの店は手広くやっていたので、作ろうと思えば何でも作れるのですが」

王子は自分のポケットから魔石を取り出した。

「アルテミシアからもらった物だけど……これも君が作った物かな？」

「はい」

「それなら、君にしか作れない物を作ってもらいたい」

王子はわたしをまっすぐに見て言う。

「【ギュゲースの指輪】を」

わたしは大真面目な顔で、さも分かったようにうなずいた。

でも、実は初めて聞いた言葉なんだよね。なんのことだろう？

やっぱり恥を忍んで聞いてみることにした。

「……なんですか、それ？」

アルベルト王子は笑わずにちゃんと説明してくれた。

――【ギュゲースの指輪】。

それは神話に登場するアーティファクトで、着用者の姿を透明に変えてしまえる力を持つという。

【姿隠し(タルンカッペ)のマント】と原理はほぼ一緒。

ではなぜこれが現実に存在しないのか。

単純に、小さすぎるからだったりする。

マントであれば、表面いっぱいに【姿隠し】用の【魔術式】を記述できる。

小さな指輪では、魔術を書き込みきれない。

機能を絞って、着用者の裸体にだけ反映させるとかすれば少しは見込みもありそうだけど、それではダメなのだとアルベルト王子に言われてしまった。

――ちょ、ちょっと、無理ではないでしょうか……

腰が引けてるわたしに、アルベルト殿下はきっぱりと言った。

――君ならできる。【純魔石】を作る技能に、幻影を投影する技術、どちらも素晴らしかった。

アルベルト王子に（というより姉から押しつけられて）以前作った、シロハヤブサが飛ぶエフェクトの剣飾りも、【幻影魔術】を組み込んである。

あの小さな面積に組み込むために、わたしは寝ないで研究をしたのだ。

【風景同化】の透明化技術も、原理的にはその応用だった。だから、技術的には不可能ではない。

「ただし、そうすると指輪が直径五メートルとかになっちゃうんだよねえ……」

圧倒的に容量が足りない。【純魔石】であればかなりの【魔術式】を詰め込めるけど、それにしたって限りがある。指につけるサイズの魔石では不可能だというのが、わたしの実感だった。

それに、魔力もかなり食う。着用者から吸い取るにしろ、魔石を消費するにしろ、動力装置を組み込むだけで指輪の容量は超える。他の機能をつける余裕なんてない。

でも、悩んでいても仕方がないか。

手を動かせばいつかは終わる、と考え直して、わたしはやれることをやってみることにした。

まず、【魔術式】について考え抜いて、可能な限りの圧縮をかける。

「五メートルが一メートルくらいにはなったけど……」

【ギュゲースのベルト】で許してもらえるのかなぁ。ダメだろうなぁ。実用性に欠ける。

わたしは片手間に取引のあるお店に素材を卸したり、ウラカ様やディオール様の注文をこなしたりしつつ、来る日も来る日も【魔術式】とにらめっこするはめに。

ある日のこと、お部屋の机で唸っていたら、深夜に人が訪ねてきた。

「まだ起きていたのか」

ディオール様だ。

「いい加減に寝ろ。ここのところずっと深夜も明かりがついているじゃないか。無理をするような店もやめさせるが」

「す、すみません、あとちょっとっ……」

「ダメだ、貸しなさい。明日の朝まで没収する」

「きゃー！」

わたしの抗議も虚しく、ディオール様は紙を取り上げた。

「……ん？」

ディオール様は紙をめくっては、中身に目を通していった。

十数枚に渡る【魔術式】をざっと見終えて、ディオール様は顔をしかめた。

ディオール様、読むの速いなあ。

「……まるで読めない。何の文字だ、これは？」

全然読めてないだけだった。

「お、おばあさまが教えてくださった【魔術式】はこれなんです……魔道具師は技術を盗まれないように、暗号を使うことが多いんです。うちではずっとこれを使ってました」

「非効率的だな」

「それは魔術師の意見ですね」

魔術は術者の腕前で威力に差が出るライブ感覚なパフォーマンスだけど、魔道具は違う。

少し素養のある人が環境を整えて丸ごと式を書き写せば、いくらでもコピーできてしまう。

「しかし数式は共通だな。そこだけ少し分かる。何を計算してたんだ？」

「小さい魔道具に強い魔術効果を付与するので、式を限界まで切り詰めないといけなくて……」

「どのぐらい短くするんだ？」

「最低でも、円周六センチ以下の指輪に乗るように」

「不可能だな。指輪じゃないとダメなのか？　別の物は？」

「王子殿下の指定が、指輪だったので」

「例の等級授与式の課題か。無茶を言う。それが可能なら、伝説の鍛冶神だって脱帽するだろう」

ディオール様はぶつぶつ言いながら、わたしの紙を返してくれた。

「無理ですよねぇ……わたしもどうしたらいいのか分からなくて、途方に暮れてるんです」

ディオール様は、ふむ、と唸った。

「そういうときは『塩を入れる』」

変なことを言い出した。

し、塩？　意味が分からない。

「塩……ですか？　お料理に使うときの？」

「ああ、そうだ。『塩を入れる』といい」

また言った。

ディオール様は「知らんのか？」と涼しい顔をしている。

「【魔銀(ミスリル)】に一パーセントの塩を入れた護符は、なぜか呪いにとても効く」

「なんですかそれ……聞いたことないです」

銀に塩を入れたら、錆(さ)びちゃうんじゃないかなぁ。銀塩ってあるよね。

もしかしたら魔力がうまく緩衝材になって、錆びない新素材になるのかもしれないけど。

「そうか？　君が知らないなら、わが家の秘伝かもしれないな。私は錬金術師の家系なんだ」

錬金術の名家、アゾット家。

ディオール様のご実家は有名なので、私も名前だけは知っていた。

「塩は一、五パーセントではいけないし、〇、五パーセントでもいけない。塩と呪術の明確な関連性もよく分かっていない。しかし、錬金にはときどきそういう、予期せぬ超効果を発揮するレシピというのがあってな。だから、私の家では、手詰まりになったら『塩を入れる』と言うんだ。何でも総当たりで組み合わせて錬金すると、たまに当たりの合金ができあがる」

「けっこう原始的なんですね……」

「まあそう言うな。私の経験だと、【幻影魔術】は液体金属と相性がいい」

「それは指輪には加工しづらいですね」

「あとは水と風属性だな。形を変える物は幻影が乗りやすい」

「液体と気体の指輪かぁ……」

水のリングに風のリング、それこそ神様の魔法じゃないとできなそう。

「ダメなら『塩を入れる』しかない。案外、まだ知られていないレシピが発見できるかもしれんぞ」

わたしはこれまでに作った物を頭に思い浮かべた。

「わたしの作る物はアクセサリーとしての外観が第一なので、合金はあんまり作ったことがないんです。試してみたら、何か面白い物ができるかも？」

「やってみるといい。砂鉄もなかなかいいぞ」

「砂鉄……ですか」

「原理は不明だが、ガベル山脈で採れた砂鉄と魔力を四十一対五十九の割合で混ぜ、さらに別の物体と百二十八回ほど魔力釜で融合の魔術をかけると、なぜか近くでかけられた【魔術式】を記録するようになる」

記録媒体って……こと？

それなら……と、わたしの脳裏に閃(ひらめ)くものがあった。

「やってみます！」

わたしは次の日からさっそく魔力を帯びたガベルの砂鉄と魔銀(ミスリル)の合金を試してみることにした。

何日か実験してみて分かったのは、圧縮した【魔術式】がとても乗せやすいということ。

一般的な金属の数百倍くらい乗せられる。

圧縮に圧縮を重ねた幻影魔法の【魔術式】が、なんとか小さな指輪に納まった。

試作品、完成！

鏡の前に立ち、鉄の野暮ったいリングを嵌(は)める。

【風景同化】の魔術を起動させるだけで、わたしの姿が鏡から消え失(う)せた。

クルクル回ってみても、影がチラついたりもしない。

完全に透明。

なかなかよくできたんじゃない!?

これはきっと画期的な商品だ。

姿を消す魔法が使えたら、鳥や魚を採るのにも便利だ。

危険な魔物と遭遇したときも、逃げやすくなる。

フェリルスさんを驚かすのにも使えるかも？

目の前で消えたわたしにびっくり仰天して、『どこにいったあああ!?』と大騒ぎするフェリルスさんを思い浮かべて、わたしはちょっと楽しくなった。

材料価格を抑えられたら、かなりいいかもしれない。

問題は——

「三つの理(ことわり)を歌いましょう。ルキア様の世界には絶えないものが三つ。月と太陽、十二の星座——光り輝く指の魔法」

わたしが明かりを灯(とも)す【生活魔法(コモン・マジック)】を使うと、急にわたしの姿が見えるようになった。

指輪の内部を覗(のぞ)いてみると、わたしが入れた【幻影魔術】を上書きして、新たな【魔術式】が書き込まれている。

――この指輪、近くで魔法を使われると、記録しちゃうんだなぁ……

これではほぼ使い捨てだ。

一度記録したものをずっと保持するように性質を変えたかったけれど、そちらはどうやっても解決の糸口すら見えてこなかった。

まあ、いっか。

とりあえず、使い捨てでも、お守りとしては上々だよね。

アルベルト王子は『恒久性のある魔道具を』とは注文しなかった。動力源を組み込めないような、手のひらサイズ以下の魔道具はたいてい何回か魔術を起動したら力を使い果たしてしまうものだから、そこまでのクオリティは求めてなかったはず。

これで課題はクリアだ。

わたしはウキウキで、最初にディオール様に持っていった。

「はあ!? 完成したのか!?」

ディオール様はえらく驚いていた。

「嘘だろう? できる訳がない。少し見せてみろ」

なぜか否定しつつ、わたしの指輪を嵌める。

【幻影魔術】‐【風景同化】

ディオール様の全身が、さあっと周囲の景色に溶けて、消えた。

「……信じられない」

ディオール様の声がする。

「いや、すごい技術だ。君もそのうち叙爵されるんじゃないか」

わたしも女男爵とかになれるのかなぁ。

ちょっとカッコいいかも？　などと思っていると、ディオール様が指輪を外した。ドロンと現れ、姿が見えるようになる。

ディオール様は相変わらず難しい顔をしていた。

「しかしまあ、とんでもない物を作ってくれたな。あまりにも危なすぎる。犯罪に使えない場面がないというぐらい汎用性が高い」

「犯罪……ですか？」

「姿が見えなければ盗みやただ食いもし放題だろう？　暗殺者ならノーチェックで王の寝室に紛れ込める」

わたしはヒッと短く悲鳴を漏らした。

そ、そこまで考えてなかった……！

「ど、どどど、どどどうしよぉ……」

ディオール様はわたしの慌てようを見て、変な顔になった。

「……想像もしなかったのか？」

「ぜ、全然……」

ディオール様はニヤニヤし始めた。

「どうせ君のことだから、いたずらに使えるとでも思っていたんだろう」

「なんで分かるんですか!? フェリルスさんを脅かしたりするのに使えそうだなって……!」

ディオール様はひとしきり笑い転げてから、指輪に視線を戻した。

「呆(あき)れて物も言えん。これが【ギュゲースの指輪】を作った偉大な魔道具師だというのだから」

「めちゃくちゃ笑ってるじゃないですかぁ……」

わたしの抗議に、ディオール様がちょっと意地の悪い笑みを返す。

「君に危機感が足りないのがいけない。リゼ、おそらく君はこの授与式で、『ギュゲースの指輪師』として広く知れ渡ることになるだろう」

「そ、そんなにおおごとに……」

「なる。間違いなく君を巡って、争いが起きるだろうな。私が敵対陣営でもリゼが欲しいと思うだろう。アルベルト王子も人が悪い」

「わたしっ、等級の授与は辞退しますっ……!」

こないだの暗殺者メイドさんみたいな人がたくさん来たら怖すぎる!

「いや、気にせず発表するといい。これは本来君が得るべきだった名誉と脚光だ。何人たりとて奪っていいものではない。優れた作品を作った人間に相応の報酬が与えられないのなら、いずれは誰も物を作らなくなる。これを、『悪貨は良貨を駆逐する』というんだよ」

わたしはだんだん恥ずかしくなってきて、うつむいた。

なんだか、ディオール様に褒めてもらうとくすぐったい、気がする。

アルベルト王子やマルグリット王女もすごく褒めてくれたけど、恥ずかしくはならなかった。

「心配せずとも、国王や王子も君を守ろうと動くはずだ。もちろん、私も」

ディオール様が浮かべた微笑みは綺麗だった。

「君を守る役目は、私にさせてくれ」

「ありがとう、ございます……」

ドキドキする気持ちを抑えてお礼を言うのが、わたしにできた精一杯のことだった。

ともかくも、【ギュゲースの指輪】は完成した。

完成品を王子に渡して、審査を待つ。

その間に、わたしは以前から取引のあったお店や卸し先と関係修復を続けて、いくらかお客様を取り戻すことに成功した。

でも、やっぱりガラガラなのは否めない。

『火だるま舞踏会』ってマルグリット様がこないだ言ってたけど、語呂がよすぎて、あ、たぶん宮廷でもそれで定着しちゃってるんだな、って感じだったし。

時間がたっぷりあったので、わたしは注文分を丁寧に仕上げることに注力した。

それがまた楽しくて。

いつも時間に追われてたからなぁ。

本当はジュエリーのデザインも好きなんだよね。

納得行くまでじっくり仕上げられるのって楽しい！

ディオール様にあげる予定のネックレスも、凝りに凝っていたら、わたしの授与式の当日までかかってしまった。

「まだか」

「ごめんなさい、あと少し……」

軽装のディオール様がわたしの部屋の入り口に立っている。

わたしは髪の毛だけセットを終えた状態で、作業服を着込み、まだ彫刻していた。

セット中に暇だったから、留め具を換えて、そこに彫刻を入れ始めたら、止まらなくなっちゃったんだよね。

そろそろ着替え始めないと間に合わなくなってしまう。

ディオール様も、現物を見てからトータルで衣装を考えたいと言って、着替えていない。

チェーンの留め具に最後の彫刻を終え、わたしは椅子から勢いよく立ち上がった。

「できましたどうぞ！」

ディオール様に渡しつつ、時計を気にする。

もうこんな時間？

わたしもめかし込まないといけないのに！

「クルミさんお待たせしました！　着替え始めましょう！」

わたしは作業服の留め具を外しつつ、メイドさんの方に近寄っていった。

本当に時間がない。

がばっと作業服を頭から脱いだとき、クルミさんがわたしをその場に置いて、すたすたとディオール様の方に行ってしまった。

「クルミさん？　着つけ……」

「ご主人様？　いつまでそちらにいらっしゃるのでございますか？」

ディオール様はビクリと肩を揺らした。

「い、いや、感想を言いたかったんだが、タイミングを逃して……」

「またあとでもよろしいでしょう」

だよねー。時間がもったいないから靴も脱いじゃおう。

編み上げ靴を乱暴に引っ張って抜くわたし。

ディオール様をぐいぐいドアの外に追い出そうとするクルミさん。

「脱ぎっぷりがいいから、会話を続けても気にしないのかと思ってだな」

クルミさんはディオール様をドアの外に追い出して、にっこり笑って、ひと言。

「最低――でございます」

ドアはばたんと閉められた。

まあ、わたしはドレスの下地でシュミーズドレスというか、一番下のドレス？――を着てるから、確かに気にしないけど。正装のドレスって二枚か三枚重ねになってること多いんだよね。

わたしはクルミさんが手にしたコルセットを見て、ちょっとげんなりした。

「これって絶対つけないとダメなんですか？」

「晴れの舞台ですので」

「……」

自分で着る訳じゃなかったころはあんまり気にしたことなかったけど、どんなに軽くて高機能のドレスを作っても、コルセットは変わらないっていうの、ちょっと矛盾してるよね。

そのうちコルセットがなくても体型が綺麗に見える錯視機能とかも開発しよう。これは【幻影魔術】系統も絡むから、真面目にやるとけっこう難しいかもしれないけど。

ボンレスハム並みにぎゅうぎゅうに締め付けられながら、わたしはそう決意した。あいたたたた。

手の届かないところのファスナーとリボンを留めてもらって、ドレスの魔法機能をオンにする。

各布地に仕込んだ【重量軽減】や【形状記憶】のスイッチが入って、ちょっとした風にも裾がヒラヒラするようになった。

時間があったからめいっぱい機能仕込んだんだよね。

せっかくなので、このドレスを見ていいなあと思った貴婦人たちから、注文をたくさん取りたい！

今回の目玉はこの背中！

オーガンジー風の薄布が、ふわふわ浮いている。

キラキラ光るちょうちょの羽、かわいくない？

処理が複雑すぎて頭がおかしくなりそうだったけど、うまくいってよかった。

わたしはしばらく右に左に身体を揺らし、風にそよぐヒラヒラの羽を楽しんだ。

うんうん、ちゃんと綺麗に動いてる。

キラキラの遊色効果も出ているね。

がんばった甲斐があったなぁ。

「リゼ様、お急ぎくださいませ！」

わたしは時計を見て、悲鳴を上げながら、ディオール様が待つ馬車に駆け込んだ。

馬車に乗ると、ディオール様の着ている緋色の服が目に飛び込んできた。

「わ、すごい、真っ赤なんですね」

青っぽい色で来ると思ってたからびっくりした。

「緋は王家の色だからな。【ギュゲースの指輪】は逸話も逸話だから、念のため」

「【ギュゲースの指輪】って、どんな話なんですか？」

「知らんのか」

「アルベルト王子が、神話だってことだけは教えてくれたんですけど」

ディオール様は呆れつつ、語って聞かせてくれた。

昔むかし、あるところに、王様と従者がいた。

王様は美人の妃をたいそう自慢に思っており、従者に裸体を見せようと思い立った。

従者は困惑し、王妃に気づかれないような形でなら、と、【ギュゲースの指輪】を使って着替えを覗いた。

ところが王妃は従者の存在に気づき、屈辱に震えながらその場は知らんぷりでやり過ごしつつ、後日従者を脅迫した。

私に殺されるか、それとも王を殺して私と王国を手に入れるか、どちらかを選べ、と。

こうしてギュゲースは王を殺し、王になった。

「――つまり謀反を起こす男の物語だな」

ぶ、物騒！

謀反の象徴みたいな指輪を作って持っていくことの意味は、わたしにも分かる。

「わ、わわわわたし、王家の色とか全然入れずにドレス作っちゃいましたけど、謀反を起こすかもって思われちゃいますか!?」

「いや、君は問題ないだろう……どこからどう見ても突然場違いな場所に連れてこられて怯えている一庶民の娘だ」

ディオール様が酷い悪口を言った。

確かに庶民だけど、そんなに芋くさいかなぁ。

「で、でも、今日のドレスは、王女様が着てもおかしくないグレードだと思います！」

個人的にすっごくよくできた羽を背中から引っ張ってチラ見せする。

「ほう……またいいものを作ったな。浮いて、光るのか」

「そうなんです！　がんばりました！」

「なかなかいいじゃないか、そのトンボの羽根」

「ちょうちょ」

「……蝶の羽は半透明じゃなかったと思うが」

「形はちょうちょですので！」

「違いがよく分からんが……」

失礼しちゃう！　ちょうちょとトンボじゃ全然違うのに。

やっぱりアゲハ蝶モチーフにすればよかったかなぁ。透明素材もわたしの特技だから、お披露目したかったんだよね。

「しかし、君は変わった技術を持ってるな」

ディオール様が首元のネックレスを持ち上げる。

「これも、初めはダイヤかと思ったが、よく見るとアイスキューブに似せてある」

「氷の公爵さまにちなんで、ちょっと大きめの直径で作らせていただきました。お洋服が制限されるとお困りかと思って、色もなるべく無彩色に仕上げたんです」

「いろいろと考えてあるのだな……さすがは人気店の職人だ。透明度の高い魔道具は他であまり見かけないから、すごい技なのだろう」

「あっ、あのですね、これはわたしが自分で発見したんですけど、透明な素材を作る方法はいくつかあってっ、スライム系の魔素材を使う方法と、ガラスに魔力を混ぜて成形した物と、素材から色素を抜いて透明に近づける技術と……」

わたしは褒められて調子に乗ってしまい、行きの馬車で延々と解説をし続けた。

姉だったら『うるさい、興味ないわよオタク』とぶっ叩いて終わらせそうな話題を、ディオール様はちゃんと聞いてくれた。

技術的な話は興味のない分野だとわたしでも退屈だって分かってたのに、止まらなくなっちゃったんだよね。ディオール様は優しいなぁ。

馬車から降りるとき、今度こそ失敗せずにディオール様からエスコートしてもらった。

式典会場についてそうそう、ウラカ様に出くわした。

若い男の人と同伴で、胸元には大きな黄色のブローチ。

わたしの作ったやつだ！

自分の作品を人がつけてる姿ってそんなに見られるものじゃないから、感動してしまった。

ディオール様が立ち止まり、ウラカ様と視線が絡む。ふたりの間に生じる緊張感。

何を思ったのか、ディオール様は、急にわたしの肩を抱き寄せた。

「それで、今日の君が最高に可愛いという話は何回くらいしたのだったか？　覚えていないな」

恋人のふりが下手！　そんなに振り切らなくてもいいって。

ウラカ様はお美しい顔をゆがめてブスッとした。

ディオール様を無視して、わたしに丁寧にお辞儀をしてくれる。

「まあ、リゼ様、ごきげんよう。今日はおひとり？」

「い、いえ……」

横にディオール様がいるの、見えてるよね？

「今日のドレスとっても素敵ね！　ひと目で分かるくらい高度技術の結晶だわ！　まあ、なあに？　素晴らしいドレスを見ずに、リゼ様のあどけないお顔ばかり見てる、このイヤらしい男は誰かしら？」

「イヤらしさでは君も負けていないと思うが」

「人前でベタベタ触って見苦しいこと」

「こうでもしないと理解できない女性も多くてね。誰とは言わないが」

　なんかの戦いが始まってしまった。

　ディオール様がわたしを抱き寄せて、前髪にキスをしてくれる。

「リゼのドレスが素晴らしいことは道中でもさんざん褒めた。やはり比較対象がいるとリゼの愛らしい顔立ちもよりいっそう際立つと思ってな」

　わたしは恐ろしさのあまり縮こまる。

　まさか、この美人のウラカ様と比べて可愛いとか言ってるの？　それはお世辞がすぎるってものじゃないかなぁ。

「まあ、この男、目玉も氷でできているのではなくって？　わたくしを前にしてまだそんな妄言が吐けるのなら、病院で診ていただいた方がよろしいわ」

「君こそリゼの無垢（むく）な愛らしさにあやかれるように少しは神に祈った方がいいんじゃないか？」

　やめてくださいディオール様、いくらなんでもウラカ様と比べられたら辛（つら）いです。ウラカ様が宝石ならわたしは豆ですよ！

と、声に出すことができたらどんなにかよかったろう。

「なんですってぇ？」

「理解できなかったか？　君の理解力にはいつも不安にさせられるな」

オロオロしながらウラカ様の横にいる男の人を見ると、その人がひそひそと話しかけてきた。

「あの……お嬢様とロスピタリエ公爵の間に何かあったんですか？」

「いろいろありましたね」

「マジすか……俺サントラール騎士団の者なんですけど、お嬢様ついこないだまで公爵に夢中だったような……」

「見切りをつけたみたいです。ほらあの黄色いブローチ。あれの花言葉、再生とか予期せぬ出会いとか、そんな意味です。そしてわたしが製作者です」

「そういうことだったんすね……分かりやすくありがとうございます」

わたしは公爵とウラカ様をチラリと見た。

「無神経な男って本当に――」

「君に神経があるようにも見えないが――」

……喧嘩(けんか)がしばらく終わらなそうなので、わたしと騎士団の人は隅っこで大人しくしていた。

やがて新設の王立魔道具師協会の会長が現れ、新しく魔道具師の等級を得る人が発表される。

七級・護符(アミュレット)級――百人。

六級・魔杖(トネリコ)級――十二人。

わー。そんなにいるんだ。

目立たなくてよかったかも。

次いで、全員の魔道具が大広間いっぱいに並べられる。

綺麗なアクセサリーや一見何に使うのか分からないブラックボックスが一堂に会し、わたしのテンションは一気に上がった。

珍しい魔道具ばかり！

解説文も面白くて、わたしはガラスケースにへばりついた。

す、すごい、あれも、これも、全部すごい！

時間を忘れて見入っていたら、やがて国王陛下がお出ましになった。

そばにはアルベルト王子と、姉のアルテミシアも。

姉の登場で、周囲は少しざわめいた。

姉の皮膚は丁寧な彩色と縫合のおかげで、どこが継ぎ目なのかまったく見分けがつかない。

姉と目が合い、ドキリとする。

「それでは六級授与者、最後のひとりのご紹介です。リゼルイーズ・リヴィエール嬢」

不安になってすぐそばのディオール様を見上げると、彼はわたしの背中をポンと叩いた。

「胸を張っていろ。今日の主役はリゼだ」

「はい」

司会の説明が続く。

「彼女はアルベルト殿下の婚約者、アルテミシア嬢の魔道具づくりを支え、よきアドバイザーとして多大な貢献をし、いくつもの偉大な発明を生み出しました。よって、その功績を讃え——」

司会の人はやりすぎなくらい間を取った。

「——このたび新設される王立魔道具師協会の六級、および、初代首席魔道具師に認定します」

えっ、首席って……一番って……こと？

確かに、幹部にするとは言ってたけど……一番だなんて、そんなの聞いてない。

どういうことだろうと思っているうちに、わっと拍手が鳴り響き、王女のマルグリット様が優雅な微笑みを浮かべながら近づいてきた。

「僭越ながら偉大なる魔道具師さまの裳裾をお運びするお役目をお務め申し上げます」

「えっ、えっ」

何にも聞いてないんですけど！

マルグリット様はわたしのスカートの裾を留めているリボンを外し、引き裾を長く伸ばした。

作業のついでに、わたしにそっと耳打ちしてくれる。

「ロスピタリエ公爵閣下の横に立って、歩幅を合わせて、まっすぐ国王陛下のところまで歩いてくださいまし」

わたしはディオール様のエスコートにおそるおそる続くことにした。

後ろからマルグリット様がしずしずとついてきて、スカートを床から持ち上げ、引きずらないようにさばいてくれる。

そっか、トレーンが長いドレスって、留め具でまとめたりしないで、正式な形で着るときは、裾を処理してくれる使用人が必要なんだ。

自分で着たことないから知らなかった。

こうなるって分かってたら、裾も自動で浮くように調整したのになぁ。

今度からそうしよう。

新しいドレスのアイデアを心の中でメモりつつ、わたしは国王陛下の御前に立った。

膝をついて座るディオール様を横目にチラチラ見ながら、わたしもスッと座る。

「よそ見はせず、陛下の足元に視線を固定して、少し頭を下げて」

不慣れできょろきょろしがちなわたしに、マルグリット様がそっと囁いてくれた。

「そう、大変よろしくてよ」

わたしが落ち着いたのを見計らい、陛下がわたしの肩に豪華な刺繍をした外套をかけてくれた。

「首席魔道具師に、余の親愛の証として、このケープを進呈する。そなたの発明品は本当に素晴らしかった」

ピンク色の、とても凝っていてかわいいケープなので、わたしは嬉しくなった。

マルグリット様が後ろからくいくいとドレスを引いてくる。

「ありがとう、と」

「あ——ありがとうございます」

王様の側近が、わたし作の指輪を、小さな箱から取り出して、差し出してくる。

「この指輪は神話にちなみ、【ギュゲースの指輪】と名づけられました」

解説役の人がそう声を張り上げる。

「使えばたちまち姿がかき消える、姿隠しの指輪でございます。開発者のリゼルイーズ嬢に実演していただきましょう！」

わたしは指輪の中身をちらっと確認した。

魔法を通さない絶縁体の布で包んでおいたけど、変な魔術で上書きされてないかな？

おお、無事だ。

よーし！

カチッとスイッチ代わりの宝石を押し込む。すると、わたしの身体がみるみるうちに風景へ溶け込んでいった。

会場がどよどよする。

わたしは数歩歩いて、もう一回指輪のスイッチを押した。

クルクル回って、しばらく待つ。

拍手喝さいを浴びて、わたしはちょっと得意になって、羽根をぱたぱたさせた。

「何あれかわいい」

「綺麗ねー」

近くの人の会話に、わたしはにっこり。

そうでしょう、そうでしょう。いっぱい注文が来るといいな。

わたしが嬉しさを噛(か)み締めているのをあざ笑うかのように――

――突然、会場にぶわっと煙が吹き込んできた。

換気で煙を晴らそうと魔術師たちが詠唱を始めたところで、バタバタと倒れていく。

「催眠魔法の眠り雲だ！　吸い込むな、外に出ろ！」

誰かの叫び声で入り口に人が殺到するも、再び悲鳴が聞こえてくる。『開かない』『どうして』

ディオール様は大きな魔法で壁に穴を開け――ようとして、周囲の人に取り押さえられていた。

そりゃこんな柱と壁のすべてが美術品みたいな建造物に傷をつけさせる訳には行かないよね。

わたしも壁やドアを壊す勇気はない。

窓を開けようと動いていた衛兵たちもバタバタとドミノ倒しのように倒れていく。

そこに、歌うような呪文の詠唱が聞こえてきた。

「旋回(ドレーエン)・転がる(ロレン)・深みの快楽(グルックリヒ・トラウム)……」

姉だー!!?!?

わたしはいきなり背後から肩を摑まれて、うなじの毛が逆立った。

「見ぃつけた」

怖い怖い怖い怖い！

固まっているわたしに、姉が媚(こ)びた甘い声でささやきかける。

「ねえ、リゼ、消えてちょうだい？」

わたしはとっさに手元の指輪を作動させた――けれど、反応がなかった。

これ、たぶん、姉の魔術で上書きされて壊れちゃったね。

「あなたがいなくなれば、わたくしが首席魔道具師になれるわ」

姉が夢見がちなことを言い出した。

「あなたがいた痕跡をなくして、すべてわたくしがしたことにするの。ここにいる人たちの記憶をまとめて改ざんすればいいだけだわ」

「ま、ま、待ってください！」

空気を吸い込むとヤバいと分かっていても、わたしはツッコミを止められなかった。

「お姉様には作れる技術がないですよね？」

「これから勉強すればいいことだわ。わたくしはお前などよりも優秀だから、すぐに追いつける」

「ま、前向きー！」

やっぱりお姉様はどこまでもポジティブだった。

「見なさい、この強力な【眠り雲】の魔術！　わたくしにかかればこんなものよ！　わたくしに不可能なんてないわ！」

あーうん、けっこう厳重な警備だったのに、全員まとめて眠らせちゃってるもんね。

これは本当にすごいと思う。

でも――

姉は、後ろからディオール様が迫っていることには気づかなかった。

わたしだけが、自作の【姿隠しのマント（タルンカッペ）】の位置をなんとなく感知して、ディオール様の動きを知っていた。

「【黙れ】」

ディオール様が短い詠唱で、【魔術阻害】を発動した。姉の魔術が競り負けて、効果が消える。

霧は一瞬で薄れていき、姉がものすごい形相でディオール様がいるあたりを振り返る。

ディオール様の魔術はあっけないくらい短かった。

「【落ちろ】」

姉は地べたに這(は)いつくばらされる。

ほんの数秒で、姉は気を失った。

――ほどなくして魔術のブースターの位置もディオール様が突き止めて壊したことで、会場の魔術はすべて取り除かれた。しばらくの休憩を挟んだのちに、全員の目が覚める。怪我人がいないことが分かって、わたしも安心した。

姉は即日、監獄に送られたという結末だけ、あとになってディオール様から聞かされて、授与式の『眠りの雲』事件は幕を閉じたのだった。

幕間　アルテミシアの末路

アルテミシアが目を覚ましたとき、そこはすでに牢の中だった。

「なに、ここ……!?　どうしてわたくしが牢に!?」

地下ではない。窓の景色から、それが分かる。

王都のやや外れにひっそりと建つ、バルビル塔の監獄だ。

高貴な人間ばかりが囚われるという噂の塔だが、こうして入ってみると、じめじめしていて、嫌な臭気が漂っており、お世辞にも居心地のいい場所とは言えない。

寝台にある毛布も汚れている。

こんなところにいたら三日と経たずに病気になりそうだ。

「どうして!?　なぜわたくしが監獄に送られねばならないの!?」

鉄格子にすがりつき、喚き、喚き続けて半日後。

アルベルト王子がアルテミシアの牢に顔を出した。

「殿下!?　よかった、わたくし気がついたらここにおりましたの、ひとりでとても心細うございました……」

王子はアルテミシアにべた惚れだ。

だから、しなを作って涙を流せば、すぐにほだされるだろう。

アルテミシアは自分の可愛さに絶大な自信を持っていた。

「もうやめてくれ」

ところが、アルベルトはアルテミシアから顔を背けた。

「私は君が好きだったんだ。その思い出まで汚さないでくれ」

「思い出って何よ、わたくしはまだここにいて生きているわ！　死人みたいに言わないで……」

言いながら、アルテミシアはどんどん顔色をなくしていった。

「……わ、わたくしは、殺されるの……？」

アルベルトは何も言わない。

いつもなら、アルテミシアの機嫌を甘く伺って、気持ちを安らげるための言葉をたくさんかけてくれるところなのに。

アルテミシアは自分を神に愛された人物だと信じて疑わなかったので、己が何をしても許され、また、どんな過酷な状況に陥っても、必ず打開策があって、正しくそれをつかみ取るために行動できると頭から思い込んでいた。

「ねえ、殿下、わたくしはあなたの理想の王妃になれるわ！　礼法はもう身についたのだもの、これからは魔道具だって学習すればいいだけよ！　数年で妹よりも優れた魔道具師になってみせる！わたくしには気概と、誰よりも努力する才能があるわ！」

「ああ、そうだね」

アルベルトは虚しそうにあいづちを打った。

「なりふり構わず、人を利用してまでのし上がろうとする才能は、確かにあったよ。もしかしたらそれは、権力者に必要な要素なのかもしれない。でも」

アルベルトは最後まで、ほんの少しの笑顔も見せなかった。

「……ずさんな計画しか立てられない無能な王妃は、必要ないかな」

アルテミシアはぞわりと総毛立つ。

いつも甘く、優しかった彼女の婚約者。

しかし彼は、為政者の視点からアルテミシアを見下ろし、冷徹に評価していたのだと、今更になって思い出す。

優れた魔道具づくりの才能と、周囲を納得させられる血筋。それに、何だっただろう？

アルベルトは常にアルテミシアを、競走馬でも選ぶかのように、能力を見て一喜一憂していた。

優しく微笑んでくれていたときは気にならなかった、わずかな無礼。人を上から評価する癖。

それが、今はこんなにも、怖い。

彼がアルテミシアを評価するときは、美しく装った髪や、過酷なダイエットで完璧に整えたプロポーションなど、少しも見ていなかったのだということに気づき、アルテミシアはなりふり構わず

――それが彼女の特技だったので――絶叫した。

「お願い、ここから出して……！　お願いよ……！　何でもするわ！　どんな嫌な仕事だってするる！　あなたのために仕えるから、ここから出して……！」

アルベルトは月のモチーフが入ったタイピンを取り出した。

それは、アルテミシアが自分で作り、彼に手渡した作品。

アルベルトに乞われて渡した魔道具は、ほとんどがリゼに作らせた物だったが、そのタイピンだけは、アルテミシアがひとりで手掛けた物だった。

学園で一番人気の王子に、月の女神(アルテミス)のシンボルが入ったタイピンをつけさせることで、周囲に交際を匂わせたかったのだ。嫉妬にまみれた女たちから、たっぷりと優越感を得て、アルテミシアはこの世の春を謳歌(おうか)した。

アルベルトが鉄格子越しに、そのタイピンを差し出してくる。

「君に、返すよ」

まるで、もう必要ない、とでもいうように。

アルテミシアは受け取らなかった。受け取りたくなかった。

「……脱獄するには、役に立つんじゃない？」

アルベルトに声を潜めて言われて、ぱっと顔を上げる。

「殿下……！」

てっきり決別のためかと早合点してしまったが、どうやら違ったらしい。

やはり彼は、アルテミシアのことが好きなのだ。愛した女だから、最後に逃がそうとしてくれているのだと、アルテミシアは希望で胸をいっぱいにしながら、そのタイピンを受け取った。

手のひらに落とされたタイピンを見て、息を吞(の)む。

ピンは、装飾部分を残し、根元から折られていた。

目の前が真っ赤になるほどの怒りを覚え、アルテミシアは叫ぶ。

「わっ、わたくしを、馬鹿にしたわね!? あなたなんか、どうせおしまいよ！ 玉座からはすでに転落しているの！ わたくしと一緒にね！ ざまぁみろだわ！ 地獄に落ちろ！」

アルテミシアの罵声を背にして、アルベルトは監獄から悠々と立ち去った。

終章

数日後、リヴィエール魔道具店で、わたしはさっそくもらった書状とケープを展示した。

新聞に書いてもらって、授賞式でも何人かの貴族と新しく知り合ったせいか、ぽつぽつと依頼も来るようになっていた。

本当にぽつぽつとしか仕事をしていないいんだけど、儲けはすごく出ている。

昔ディオール様の言ってたとおり。

わたしは両親に騙されてたんだろうなぁ……

うちにはお金がないってずっと言われてたから、そうなんだと思い込んでたんだよね。

でも、違った。

無知って怖いなぁ。

ディオール様に教えてもらえなかったら、わたしはずっと両親にこき使われてたんだろうな。

お店でぼんやりしていたある日のこと、アルベルト王子がまたお忍びでやってきた。

金髪碧眼の高貴で上品そうな男の人って、そう何人もいないから、変装してても丸わかり。

彼はわざわざわたしの前で帽子を脱ぎ――帽子を取るのは、目上の人への礼儀作法らしい――ぺこりとした。

「授賞式での不祥事のお詫びをしに来たんだ。重ね重ね、本当に申し訳ない」

わたしは飛び上がった。

「ああああ頭を上げてください！」

王子様に謝罪されると、こう、みぞおちがキュッとするんだよ……

一国の王子様なのに、ずっとわたしのような庶民に恐縮のし通しで、こっちの方が申し訳なくなってくる。

「言い訳になってしまうけど、あのとき、アルテには事情を伏せていたし、おかしな真似をする様子もなかったから、油断していたんだ。本当にすまなかった。何もしでかさないように、もっと対策するべきだったのに、君にまた怖い思いをさせてしまったね」

アルベルト王子のしょんぼり顔は、なぜだかフェリルスさんを少し思い出させた。

「『魔道具なんか作れなくても君を王妃にしたい気持ちは変わりない』と、何度も念押ししたんだけどね……どこかで本心ではないことが滲み出てしまったのかな」

王子は眉を寄せて良心の呵責に苦しんでいる。

わたしは耐えられなくなって、進言することにした。

「あの、生意気を言うようですが……気にしないのが一番だと……思います。お姉様の考えは普通の人には分からないと……わたしはいつも思ってましたから」

わたしは姉にろくな思い出がない。

「アルベルト殿下が魔道具好きだと知って、振り向いてもらいたいと思ったとき、自分で作ろうと努力するのが普通の人の考えですよね。でもお姉様は、わたしに『作れ』って言ってきたんです。

人から盗んだ物も平気で自分の物にできる人の考えなんて、分からなくて当然だと思います」

当時はすぐ叩く姉が怖かったのと、それが家のためになるからという説得に納得していたけれど、ディオール様がわたしを大事にしてくれたので、わたしの考え方も少し変わった。

わたしが作った物なんだから、たとえ家族であろうと、成果を渡していいはずがなかったんだ。

わたしは励ましたかっただけなのに――

アルベルト王子はますます意気消沈した。

「……見抜けなくて、君に迷惑をかけて、本当にごめん」

「いいいいえええええそういう意味ではなく!!　本当に殿下は悪くないと思いますんで!!　気にしないでください!　わたしはもう全然平気なので!」

王子はわたしをチラリと上目遣いに見た。

「……君はもう、私のことなんて顔も見たくないだろうけど……」

「いいえそんな滅相もない!」

「本当に?　お言葉に甘えて、また来てもいいかな?」

「いつでも来てください!」

アルベルト王子はにこりと微笑んだ。

「よかった……私はアルテの――というより、君の作る魔道具が好きだったから、また注文を受けてもらいたかったんだ。それじゃあ、また近いうちに来るね」

「はい!」

アルベルト王子はにこやかに帰っていった。

緊張から解放されて、ぐったりしながら、わたしは「あれ？」と思う。

姉のことでお詫びにきて……それで……今回でもう終わりかと思ってたけど、また会いにくるって……言ってた？

わたしはさーっと青くなった。

どうしよう。不意打ちで王子様に来られたら絶対緊張するよ。

ちゃんといい茶葉とか買っておかないと！

それにお茶菓子も！

わたしは王都の人気パティスリーに、今度勇気を出して入ってみようと思った。

高級だからなかなか買えなかったんだけど、王子様に食べてもらうお茶菓子なら、やっぱりそのくらいじゃないとダメだよね。うんうん。

わたしも食べた……うん、王子様のために。あくまで王子様のためにね。

わたしは、さっそくお休みの日にちょっと遠出して、ケーキを買って帰った。

ディオール様と、フェリルスさんと、ピエールくんと、クルミさん、そしてわたし。

全部で五つのケーキを手土産にして、わたしはロスピタリエ公爵邸に——

わたしのおうちに、帰っていった。

着くなり、真っ先にディオール様のお部屋に直行する。

ディオール様はケーキの入った布包みを見て、なぜか笑い崩れた。

「そうかそうか、わが家のティータイムでは量が足りなかったか」

「そういうことじゃないです！　お世話になってるから、皆さんに……と思って……まあ……それはそれとして、わたしもケーキ食べたかったんですけど……」

ごにょごにょと付け足すと、ディオール様はもっと笑った。

「全員で食べるか。ピエール」

「かしこまりました」

ピエールくんがてきぱきと準備してくれて、十分後にはお庭のテラスに全員で集まってお茶会が始まった。

「……カシスのスフレか」

ピエールくんがお皿に取り分けてくれたケーキを見て、ディオール様が面白くもなさそうに言う。

「お、お嫌いでした……？」

「いや。甘い物は基本好かないが、酸味が強いから比較的食べられる」

「そっ、そうだったんですね……お肉のパイとかにすべきでしたね」

「飯時でもないのにそんなものはいらん」

「えぇ……じゃあなんだったら」

「君の好きな物を買ってくれればいい」

「あ、はい」

わたしは困ってしまった。

ディオール様っていつもこう。

あれも嫌いこれも嫌いって言うから、じゃあ何が好きなのって聞いても『何でもいい』。

会話の糸口を見つけ出せずにいたら、ピエールくんがそっと手を挙げた。

「ディオール様の貴族的なお言葉遣いは、まだリゼ様には難しいと思いますので、僕が解説させていただきますね」

「えっ……」

「『リゼ様が選んで、一緒に食べようと誘ってくれるのが嬉しいので、何でもいい。なんだったら自分の分もお召し上がりになってもいい』との仰せでございます」

ピエールくんの平和語変換すっごい……

ディオール様はピエールくんに迷惑そうな目を向けつつ、わたしにお皿を差し出してきた。

「食べるか?」

「い、いいんですか!?」

でも、ディオール様に買ってきたのになぁ……

ケーキは食べたいけどディオール様にも食べてほしい、と思って困っていたら、ディオール様はナイフを取り上げて、ケーキを半分こにした。

「次からは私と君とで違う種類のものを買ってくるといい」

「『ケーキは好きじゃないけど、リゼ様のお茶会には呼んでほしいから、分け合って食べたい』だそうでございます」

「！……はい！」

わたしはディオール様から半分このケーキを自分のお皿に移してもらった。

気を取り直すように、クルミさんが歓声を上げる。

「素敵……これがあの人気パティスリーのケーキなのでございますね。色合いもとても美しゅうございます」

「女性に贈ったら喜ばれそうですね。お可愛らしいリゼ様が選ぶのにぴったりのケーキと存じます」

ピエールくんもテーブルについて、おいしそうに食べてくれた。

「リゼ！　俺の分はこの三倍ぐらい買ってきてもいいぞ！」

テーブルの横でフェリルスさんが吠える。

わたしはふと思いついて、ポケットから小さな巾着入りの【ギュゲースの指輪】を取り出した。

指に嵌め、スイッチを押す。

わたしの姿がフッとかき消えた。

「なぁぁぁぁ!?　リゼが消えたあぁぁぁぁっ!?」

フェリルスさんががばっと立ち上がり、「どこだ!?」「どこにいった!?」と、ピンクのお鼻を右に左に向ける。

わたしはフェリルスさんの真後ろに回って、透明化解除。

「ここです！」

フェリルスさんは私の方にばっと向き直り、姿を認めるや、尻尾がちぎれるくらいブンブンブンブン振りまくった。

「俺の後ろを取っただとうっ!? 生意気なっ!」

どーんとタックルするフェリルスさんに、わたしはテラスのウッドデッキの上に転がされた。

「いきなりいなくなったらびっくりするだろうが! もう勝手にどこかに行くんじゃないぞ!」

わたしは前にディオール様から教えられた『リゼを追い出さないようにとフェリルスから大泣きで頼まれた』という情報を思い出し、思わず笑みがこぼれた。

「……はい!」

——こうして、わたしはロスピタリエ公爵家の一員になったのだった。

閑話　第一王子の回想

アルベルトはキャメリア王国の第一王子だ。

一応は推定王位継承者である。

――無事に即位することができるかはまだ不明だが。

キャメリア王国は複雑な国だ。強力な魔獣によって領土が細かく分断され、地方によって民族性が大きく違う。信仰する対象すらバラバラだ。各地方の騎士団・諸侯も独立心が強く、中央からの命令もしばしば無視して、好き勝手振る舞うことが多い。

全体的に、『まとまり』というものに欠ける。それがキャメリア王国だった。

地方色が強い国の統治は非常に難しい。国王はずっとその折衝に一日を費やしている。勝手をしがちな地方貴族をなだめすかし、脅しつけ、罰と褒賞を与えて、なんとかまとめている状態だ。

国として成立しているのが奇跡に近いぐらいだが、それでも王家はなんとか続いていた。

言うことを聞かない貴族と騎士団相手に綱渡り経営を続ける国王だが、目下足りないものと言えば、強力な魔術師だ。

近年、魔術が急速に進歩していて、各騎士団の戦闘力が大きく伸びた。周辺諸国の武力も比例して強まっているため、いつ戦争をしかけられてもおかしくない状態だ。キャメリアの中枢にもある程度の力がなければ、今後の統治が難しくなるだろうことが予想された。

しかし、実力のある魔術師はほとんど騎士団に取られてしまっている。

となれば別のアプローチが必要で――王家のいいところは、民兵を強制的に徴兵可能なことだから、物量で押すならば、素人でも扱える武器が欲しい、といったようなことを、アルベルトはぼんやり考えていた。

アルテミシアと出会ったのは、そんな折だ。

彼女の作る魔道具は非常に高度で、しかも誰にでも扱える。

武器防具を作らせれば、状況は一気に変わるだろう。

アルベルトがアルテミシアの懐柔を図ったのは、おおよそそのような事情からだった。

彼女の望みはすぐに知れた。王妃になりたいようだったので、受け入れた。特別扱いで嬉しがらせられるのならと、できる限り厚遇もした。

利用しているという罪悪感はもちろんあって、アルベルト自身もそのストレスから逃れたかったので、好きでいられるように努力した。気性の激しさや、ずさんな悪だくみの仕方には目をつぶって、可愛らしいところだけを見てきたつもりだった。

――それがあんな結果になるとはね。

ロスピタリエ公爵との会談で、アルテミシアが紅茶に何か仕込んだと言われたときはまさかと思った。カップの成分分析を依頼して、真っ黒だったときは、絶望的な気分になったものだ。

アルテミシアは恐怖心が薄いのか、大胆な悪事をやってみせる。それがうまく行っているうちはいいが、すべてにおいて詰めが甘いので、放っておくとアルベルトの足もすくわれかねない。

そしてあの『火だるま舞踏会』だ。

彼女は、使えない。

そもそも、アルベルトがアルテミシアを重用していたのは、彼女の魔道具が素晴らしかったから。

しかし、本当の製作者は妹で、そちらの方がはるかに扱いやすいとなれば、話は別だった。

リゼにはロスピタリエ公爵が何やら執心中だが、理由はアルベルトにもなんとなく分かる。

彼女は素朴で飾らない性格をしており、人の気持ちを和ませるようなところがある。

それが気難しい公爵の、心の氷を溶かしたのだろう。

――それにしても……

アルベルトは考えてしまう。もう少し早く存在に気づけていれば、リゼと婚約していたのは自分だったかもしれないのに、と。

公爵の邪魔が入らなければ、魔道具の開発ももっとスムーズに行っただろう。

そう思うと惜しい気もしたが、どちらにせよ、ふたりとも重要人物であることは間違いない。どちらも抱き込めれば最上だ。

当面は、【ギュゲースの指輪】の汎用化を目指すこととしよう。

リゼから製法を聞きだして、汎用武器として量産できるようにするのが、目下の目的だった。

番外編　リゼの平凡なようでちょっと平凡でない一日

わたしがお店に高級パティスリーのお菓子を揃えるようになってしばらく経った、ある日のこと。

お店番をしていたら、アルベルト王子がやってきた。

あれ以来ちょくちょく来てくれるようになり、わたしもだんだん慣れてきたところだ。

「ところで、【ギュゲースの指輪】なんだけど、魔道具師協会に特許の申請をしてはどうかな？」

トッキョ。聞き慣れない言葉を心の中で唱えてから、わたしは知らない言葉だと結論づけた。

「特許ってなんですか？」

「何……と言われると難しいな。そういえば何だろう？」

悩み始めてしまった。

アルベルト王子、こういうところ気さくだよね。実を言うと、ディオール様より話がしやすい。

「殿下に分からないことはわたしにも分かりませんよ」

「うーん、そうだね。正確なところは私にも分からないけど、発明者の権利を守るためのものだよ。リゼルイーズ嬢が発明したことを世に通知して、みんなで尊重するための制度だ」

「ほー……？」

権利を守ると何が起きるのかは分からない。でも、よさそうに聞こえる。

「リゼルイーズ嬢の作った【ギュゲースの指輪】は素晴らしい物だから、ぜひ世間にも周知していこう。それで、書類を作って提出してほしいんだ」

「書類……ですかぁ……わたし、そういうのって苦手でぇ……」

「そんなに気負わなくても大丈夫。専門家が見たら作り方が分かるように、手順を書き表してくれたら、あとは協会がいいように処理してくれるよ」

作り方かぁ……

それを教えてしまっては、魔道具師の秘密を売り渡すことにもなる。わたしには抵抗があった。

ディオール様も、【ギュゲースの指輪】は犯罪に最適だと言っていた。そんなものを公開したら大変なことになってしまう。

それに、『アルベルト王子のことは信用するな』とも言ってたなぁ。

「魔道具師は、自分の技術を人に公開したがらないと思います。どのギルドでもそうですが、秘密を漏らしたら殺されてしまうくらい、製法の秘密は重たいものなんです」

「そうだね。でも、特に【魔術式】は、【複製】の技術さえあれば、比較的容易に盗めてしまうだろう？　それなら共有し合って、開発者に権利を与えるのも方法のひとつだ」

「……わたしのは暗号化されているので、盗める人はあまりいないと思いますが……中身は読めなくても、とりあえず形式だけ整えて、丸ごと【複製】できる人が現れたら、それこそ悪用されそうだなって思います」

アルベルト王子はわたしを安心させるように、柔らかな笑みを浮かべてみせた。

「それは大丈夫。国防上の危険物の製作法は非公開にする予定だから。【ギュゲースの指輪】の製法は誰にも教えたりしないよ」

「そう……なんですね」

誰にも教えないのなら、別に公開しなくてもいいんじゃないかなぁ。

何のために特許を取るんだろう？　と思っていると、アルベルト王子はわたしの疑問を見透かしたようだった。説明を続けてくれる。

「協会に内密で製作法を預けておいてもらえれば、許可なく【ギュゲースの指輪】の模倣をした人を、その場で取り押さえることができる。犯罪を犯す前段階の、所持、模倣の時点で裁けるメリットは非常に大きい」

ちょっと説明が難しくなってきて、わたしはなんとも答えられなくなってしまった。

「つまり……どういうことですか？」

「使うと人が大勢死ぬ、危ない魔道具があったとして」

「ありますね、そういうの」

「真似(まね)して作ろうとする人が現れても、製作中に逮捕してしまうための措置なんだ」

「な……なるほど……？」

「でも、そのためには、逮捕する我々が危ない魔道具についてよく知っていないとならないだろう？」

「それもそうですねぇ」

何が危ない技術なのかを知らなければ、開発者の逮捕なんてできっこない。

「だから、秘密で教えてほしいんだ。あとは国が、魔道具を悪用しようとした人をこらしめるから、君は何もしなくても大丈夫」

わたしはなんとなく分かった気がした。

「危ない魔道具は逆に作り方を国に預けて管理してもらった方が安全……ということですね？」

「そうだよ」

とにっこり笑うアルベルト王子は、なんとなく不自然だった。どうも何かが怪しい。

でも、確かに、言われるままに作ったけど、わたしの手には余る発明だ。

「分かりました。なんとか、製法をまとめてみます」

「うん。危険な物だから、なるべく早めにね」

アルベルト王子の念押しにも分かったと返事をすると、王子は帰っていった。

トッキョ……製法かぁ。

苦手なんだよねぇ、文章書くの。

まあ、そのうちでいいかな。

わたしは安直に、ため込むことにした。

――後々それでディオール様にものすごく叱られることになるなんて、このときのわたしは知らなかったのだった。

難しいお話ばっかりしていたら、おなかがすいちゃった。

そろそろお昼の買い出しに行こうかなと思い、わたしは財布を持って市場に行った。

屋台がいっぱい出ているので、好きな物を買って食べられるのです！

わたしはこれが一番楽しみだったりする。

お父様お母様がいたころはだいたいいつも黒いパンばっかりだったからねぇ。

揚げ物、肉の串、パスタに焼き魚。

どれにしようかなぁ。

お昼どきの市場はいつも人でごったがえすので、人にしょっちゅうぶつかってしまう。屋台でお買い物をする人に道を譲って、数歩後ろに下がったら、背中が誰かに勢いよくぶつかった。

「あ！　すみません――」

振り返ったら、こぼしてしまったのか、手をスープでベタベタにした男の人がいた。

「ぅおーぃ、台無しだよ。どうしてくれるんだっつーのおいコラ」

ガラの悪い口調で因縁をつけてきたのは、とても背の高い男の人だった。

「すすすすみません！　ああああの、弁償しますので……！」

わたしが慌ててお財布からお金を取り出すと、男の人がおやと眉毛を上げた。

「あ？　リゼちゃんじゃーん」

男の人がニヤリとする。すごみのある笑顔には見覚えがあった。

確かこの人、ディオール様のお友達の――そう、リオネルさん！

「こんなとこでひとりでお買い物ぉ？　不用心じゃねえのぉ？」

リオネルさんが邪悪な感じでニヤニヤしている。わたしはなんだか怖くて、固まってしまった。

こないだは悪い人に見えなかったけど、ディオール様が一緒だったからかも？

「今日はディオールもいない訳？　へぇ……」

リオネルさんはスープの入れ物を屋台の人に突っ返すと、わたしに向かって言った。

「おニイさんと遊ぼっかぁ？」

こ、怖ッ!!

逃げ出そうとしたわたしの襟首を捕まえて、リオネルさんがわたしを引っ張る。

「急に動くと危ないよ？　いい子だからさぁ、こっちおいで」

誘拐される……！　ガタガタ震えながら、わたしは引っ張られていった。

連れていかれたのは、意外なことに、ごく普通の大衆食堂だった。

大衆とは言っても、わたしのような庶民はあまり来られないところだ。

リオネルさんはわたしにニヤニヤしながら言う。

「好きなもん頼みなよ」

「わ、わたし、あんまりお金持ってなくて……」

「あははは、女の子に払わせてどうすんの。俺が奢(おご)るに決まってるでしょ」

お、奢り……!?

「ここは東部風のメシがうまいよ。パスタとか嫌い？」

「大好きです!!」

わたしは大皿にたっぷりのトマトとひき肉のパスタとふっかふかのパンを食べさせてもらった。

最初は量にびっくりしたけど、トマトとハーブのあっさりしたソースがおいしくて、つるっといけてしまった。

「よく食うねえ！　なんならコーヒーとジェラートも行っとく？」

「い、いいんですか!?」

リオネルさんはなぜか大ウケしていた。

「いいよいいよ、好きなだけ食べな～！」

わたしは反省した。

見た目で怖そうな人だと決めつけるなんて、すごくいけないことだ。

いい人なのにごめんなさい……！

「あ、ありがとうございます……！」

リオネルさんは相変わらず人の悪そうな笑みを浮かべている。

「ま、あとでディオールをからかう材料費と思えば安いもんよ」

……いい人だよね？

わたしはちょっとだけ不安になった。

「あの……リオネルさんて、ディオール様とどういうご関係なんですか？」

「うーん、トモダチ？　おもしれーやつだと思ってるよ。ちょっと変だけどな」

「……」

お互いに変な人だと思ってるのかぁ。確かに、あんまり共通点はなさそう。

「あいつ普段はアカデミーで研究員をしててさぁ。騎士団に来いってずっと誘ってるんだけど断られてるんだわ。魔獣との戦闘はきつくて汚くて危険な職場だから嫌なんだとさ」

「ディオール様らしいですね……」

お外で遊ぶの嫌いみたいで、よくフェリルスさんが寂しそうにしてるんだよね。

「まあ、そんなんだから人に嫌われるんだけどな！　あっはっはっは！」

リオネルさんは大爆笑してるけど、わたしは笑えなかった。

「実力はあるのに、騎士の仕事にまるで敬意を払わないからねぇ。騎士団の連中には評判悪くてさぁ。戦争のときが一番酷(ひど)かったわ」

「戦争って……」

「三年前、オクホワーン帝国が攻めてきたでしょ？　あのとき王国の魔術師全員に徴兵令が出てて、あいつも強制参加だったんだけど、来てそうそう『無駄なことばかりしててイラつく』っつって、騎士団所属の魔術師を全員締めあげて、後方部隊長についちゃったのよ」

「うわぁ……」

そんなことしたんだぁ……って、わたしもちょっと引いた。

それはいろんな人と軋轢(あつれき)を生むよねぇ。

「そ。もうこの経歴だけでもやっかみ要素マックスじゃん？　いやーあんときは五大騎士団の魔術師隊が一致団結してヘイト向けちゃってさー。俺もなんだこいつって思ったけど、やっぱつえぇのよ。戦局の分析も的確ですげー分かりやすくてさー。実際、『無駄なことしてる』ってのは事実だったしねぇ。でも、そんときは誰も指摘できなかった。一～三級の魔術師様たちは主力で、彼らがいなきゃ全然為す術がないの自分たちでも分かってるもんだから、全然言うこと聞かねーんだわ。やれ、あいつの方が褒賞が多くてズルいだとか、あいつは楽をしているだとか、もっと平等にカネをよこせとか、王は戦闘のことなど何も分かっていないから指示には従えないとか……まったくどうしようもねーわな」

オクホワーンとの戦争は、けっこうな一大事だったので、わたしも覚えてる。もしかしたら王都にまで敵が来るかもしれないというので、みんなすごく不安な気持ちで暮らしてたんだよね。

――なのに、喧嘩してたんだと思うと、なんだか魔術師さんたちに対する見方が変わってしまう。

「元々五大騎士団と王家はそんなに仲良くねーんだわ。お互い半端に拮抗した力を持ってるから、どうにかして出し抜く機会を窺ってる訳」

リオネルさんは元からお喋りな性格なのか、話が難しくてところどころしか分かってないわたしにも構わずにどんどん続ける。

「ただでさえ仲が悪くて足の引っ張りあいばっかりしてる五大騎士団に、王様も辟易してたんだろうね。あいつへのヘイトを中心に各騎士団が逆に一致団結したって点を利用して、どんどんあいつばっかり贔屓して、最前線に向かわせるような作戦立てさせて、嫉妬煽ってまとめきっちゃったんだよ。あれはすごかったね。王様の心理ゲーム強者っぷりもすごかったけど、あいつのメンタル鋼鉄ぶりにもしびれたよ。王国の五大騎士団の上位魔術師全員敵に回して涼しい顔してんだぜ？　よっぽど自分の実力に自信なきゃそんなことできないでしょ。実際強かったけどさぁ」

ディオール様ってそんなにすごい人だったのかぁ……

わたしにはもう想像もつかない世界だったけど、強いってところだけは辛うじて分かった。

「俺も権力闘争ばっかりの騎士団にはうんざりしてたから、最終的にあいつに味方したって訳。うちは近接戦闘メインだからあんま魔術師にウェイト置いてないんだけど、よそのお偉い魔術師様方にずばずば物を言うところとか、かーなーりすっきりしたんだよねぇ」

ずばずば物を言っちゃったのかぁ。

姉の言いなりだったわたしとは全然違う。

「ディオール様って、いつもあんなドＳ……いえ……あんな感じなんですか？」

「そ。いつもあんな。かっけーだろ？　一級魔術師より強い二級魔術師って超かっけーじゃん」

リオネルさんがそう言ってくれたので、わたしも満面の笑みでうなずいた。

「カッコいいです！」

「異次元のメンタルしてるあいつがリゼちゃんのこと気に入ったっていうなら、リゼちゃんもきっと何かかっけーとこあんだろうな！」

「いやーそんなぁ……えへへ」

照れているうちに、わたしは食後のコーヒーを飲みきった。

「うわ、もうこんな時間か。俺もういかねーと」

リオネルさんが陽気に喋ってくれたので、あっという間にお別れの時間になった。

「今度リゼちゃんの作った魔道具見せてよ。またねー」

ディオール様の噂話、面白かったなぁ。機会があったらまた聞かせてもらいたい。

それにあの食堂、おいしそうなメニューすごく多かったもんね！

いつかまた連れてってほしいなぁ、とわたしは思ったのだった。

わたしは店じまいをしてから、夕飯の前にフェリルスさんとお散歩に行った。

「筋肉はっ!!」

「裏切らない!!」

「よーし、走り方やめっ！」

「ありがとうございましたぁっ！」

フェリルスさんは終わったあとたらいで水浴びをする習慣がある。フェリルスさんはわたしのところに来て、たらいに入った何かを見せてくれた。薔薇の形の石鹸で、いい匂いがしている。

「なあ、今日はこれで洗ってくれ！」

フェリルスさんが、おねだりするようにわたしを上目遣いで見ている。可愛(かわい)いの極みだった。

「人間はこれの匂いが好きだと聞いた！　いい匂いになってご主人にスリスリしに行くのだ！」

それからフェリルスさんは、しょんぼりとお鼻を下に向ける。耳と尻尾も連動して、悲しげに垂れ下がった。

「昔はよく添い寝させてくれたが、最近は、俺が早起きだから、眠りの邪魔になると言って嫌がるのだ……だが、ふわふわふかふかでいい匂いの俺ならきっと熟睡できるはず！」

わたしはきゅんとしてしまう。フェリルスさん、健気(けなげ)だなぁ。

「ピカピカに洗って、ディオール様に喜んでもらいましょう……！」

わたしははりきって石鹸を泡立てて、フェリルスさんの毛をごしごししてあげた。

フェリルスさんの毛は雪国仕様なので、水を弾(はじ)きまくるけれど、念入りに洗ったらだんだん水が浸透してきた。

最後にざばっとお水で泡を流して完成。

「できました！　けど……」

フェリルスさんほっそ！

毛がぺたんこになると、思いのほかほっそりしてるんだなぁ……

ああでも、びっしゃびしゃでしおしおのフェリルスさんもめちゃくちゃかわいい……！

ブルルル、と全身の水を飛ばすフェリルスさんに、わたしはドライヤーの【生活魔法(コモン・マジック)】をかけてあげたのだった。

フェリルスさんはふっかふかになった。

夕飯が終わったあと、深夜の自室で、わたしは魔道具の製図を引いていた。

手を動かすたびに、薔薇の甘い匂いがする。わたしは爪の間の匂いをふんふんとかいで、目まいがした。

わたしもお風呂入ったけど、全然匂い取れてない……

でも、フェリルスさんはサラつやピッカピカでモッフモフになってたから、きっと抱き心地がよくなったよね。

今ごろ仲良く寝てるのかなぁと思ったら、わたしはひとりで笑ってしまった。

ディオール様がわたしの部屋を訪ねてきたのは、そんなときだった。

深夜にノックの音がする。

クルミさんかなと思って、何気なく開けると、しかめっ面のディオール様が立っていた。

「早く寝ろ」

開口一番言われて、わたしは飛び上がった。

な、なんでわたしがまだ起きてたこと分かったんだろう？

ディオール様がさっさと部屋に入り込んできて、わたしの作業机をざっと眺める。

「いつまでも明かりがついてるから何をしてるかと思えば、まーた魔道具を作っていたのか」

「ごめんなさい」

「ちゃんと寝ないのなら店も畳ませると言ったはずだが」

「ごめんなさいごめんなさい……！」

「今すぐベッドに入って寝ろ」

「ま、まだ、後片付けとか……最後の仕上げとかぁ……！」

「明日にしろ！」

ディオール様は机の上のランプを消すと、わたしの腕を掴んだ。

ベッドにずるずる引きずっていく。

「ま、待ってください、本当にあとちょっとで終わりなんですぅぅ！」

リードを引っ張ってもてこでも動かないときのフェリルスさんみたいになったわたしが、机にへばりついていると、ディオール様は無情に舌打ちした。

「いいから来い！　言い訳無用だ！」

ディオール様は一瞬かがみ込むと、腕でわたしの膝の裏を押して、持ち上げた。

軽々と抱き抱えられている。

お、お姫様抱っこだー!?

ディオール様は、わたしをベッドの上にどさりと下ろした。痛くはないけど、乱暴すぎる。

手燭をサイドテーブルに置いて、ぎしっと立て膝でベッドに登り、ディオール様がわたしを冷たく見下ろす。

「寝られんのなら、私が寝かしつけてやろう」

そう言って薄く笑ったディオール様は、まるで悪人みたいな顔をしていた。

わたしは緊張して、ハリネズミみたいに全身の毛が逆立った。

い、いやー！

◇◇◇

「……なぜ【生活魔法（コモン・マジック）】や【祝福魔法（バフ）】が魔法と呼ばれ、魔術師の使う物とは別の物として扱われるのか、これで分かったろう？　魔法を体系的に理論化したものが魔術なんだ……以上が魔法学の初学者に理解してほしい基礎中の基礎理論だ。君もどうせ魔術師の検定を受けるのなら妙なオカルトは学ばずに私の推す正統理論から……」

お話が難しすぎぃ……

ディオール様って叙爵されるほどの大魔術師だから、直接講義してもらえるなんてすごいラッキーなはずなのに、なんだろう、すっごく眠くなる……

声のせいかな……

怒ってないときのディオール様の声は落ち着いていていて語り口が優しいので、難しいこと喋られると子守唄に聞こえてくる……

ディオール様がわたしのベッドにもぐりこんできたときは瞬間的にそれは無理！ってなって緊張したけど、講義開始一分くらいで勘違いを悟ったよね……

この人本気でわたしを寝かしつけにきてる……

わたしは始まって三分ぐらいですでに眠くて、ほとんど内容が頭に入ってこなかった。たぶん、そのあとすぐに寝ちゃったんだと思う。

翌朝、まぶしい朝日を浴びて目を覚ますと、ディオール様はいなくなっていた。

うわぁ……やっちゃった。全然聞いてなかったから、怒ってるかも？

昨日のことを一生懸命思い出そうとして、ふとディオール様の優しい声が蘇（よみがえ）る。

あのとき、「おやすみ」と言い残していったような気がするんだけど……聞いたこともないような優しい声で。

あれ、気のせいだった？　夢かな？

とりあえずわたしは、朝食で顔を合わせたら、なんて言い訳しようかを考えることにしたのだった。

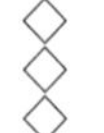

ディオールはリゼが寝静まると、やれやれと思いながら自室に戻った。

部屋のベッドでは、フェリルスがすぴーすぴーとのん気な寝息を立てている。

貴婦人が使うような薔薇の香りが漂ってきて、ディオールは少しげんなりした。褒められたがりのフェリルスに負けてついうっかり添い寝を許してしまったが、やっぱり追い出せばよかったかと思う。この匂いがきつくて寝られなかったのだ。

『ご主人に気に入ってもらおうと思ったのだ！』

などと純真な瞳で言われてしまっては、褒めて撫でる以外の選択肢などない。ディオールは昔から無邪気な生き物に弱かった。

――そういえば、さっきのリゼも同じ匂いがしていたな。

フェリルスに石鹸を分けてもらいでもしたのだろうか。ディオールに気に入られようと？

いや、まさかな、とディオールは思い直した。リゼのことだから、何も考えていないだろう。

無邪気で健気でひたむきで――

ディオールはとにかく、そういう生き物に弱いのである。

リゼもまた、例外ではなかった。

あとがき

このたびは『魔道具師リゼ』をお手に取っていただきありがとうございます。

本作はウェブ上で発表していたものを本としてまとめたものです。たくさんの方々のお力を借り、こうして上梓することができました。ウェブ上から応援してくださった皆様、出版しませんかとお声がけくださった編集者の方々、校正・DTP・デザイン関係の皆様、そして素敵なイラストを描いてくださったkrage様、そして最後までご覧くださった皆様に厚くお礼を申し上げます。

私は『不遇な女の子は可愛い』という信条のもと、ウェブ上でも薄幸美少女の話をよく書いておりました。今回もしっかり不遇な女の子ですが、本作主人公のリゼは『いつもの』ではなく、本当に生きている女の子のような感覚で書かせていただいております。たいへんに思い入れのあるキャラクターですので、どうか皆様にも気に入っていただけますようにと願ってやみません。

また、本作は様々なものの影響を受けています。虐げられている女の子が、何かのきっかけで脚光を浴び……というのはシンデレラの昔からある物語のひな形ですが、流行の一大ジャンルとして成立させてくださった先人のウェブ作家の皆様のおかげで、こうして本書も形になりました。魔法の道具を作る職人のモチーフも、金細工師やドレスメーカー、魔糸の紡ぎ手、魔織の織り手といった実在の職人たちのお仕事をお手本として作り上げたものです。お忙しい中、魔石の製造工程の取材に快く応じてくださったベテラン魔道具師の皆様に最大限の感謝を捧げつつ、読者の皆様ともまたお会いできる日が来ることを祈っております。

次巻予告
氷の公爵ディオールのもとで、
おいしいご飯に囲まれながら
幸せいっぱいの日々を送るリゼ。
魔道具師としての地位も
確立していくなか、
舞い込んできたのは――
王女様の誕生パーティ用
ドレス作りの依頼で……!?
魔道具師リゼ、開業します 2
～姉の代わりに魔道具を作っていたわたし、
倒れたところを氷の公爵さまに保護されました～
COMING
SOON…

作品のご感想、
ファンレターを
お待ちしています

あて先

〒141-0031　東京都品川区西五反田 8-1-5 五反田光和ビル4階
オーバーラップ編集部
「くまだ乙夜」先生係／「krage」先生係

スマホ、PCからWEBアンケートにご協力ください

アンケートにご協力いただいた方には、下記スペシャルコンテンツをプレゼントします。
★本書イラストの「無料壁紙」　★毎月10名様に抽選で「図書カード（1000円分）」

公式HPもしくは左記の二次元バーコードまたはURLよりアクセスしてください。
▶ **https://over-lap.co.jp/824002457**
※スマートフォンとPCからのアクセスにのみ対応しております。
※サイトへのアクセスや登録時に発生する通信費等はご負担ください。

オーバーラップノベルスｆ公式HP ▶ **https://over-lap.co.jp/lnv/**

魔道具師リゼ、開業します 1
～姉の代わりに魔道具を作っていたわたし、倒れたところを氷の公爵さまに保護されました～

発行　2023年4月25日　初版第一刷発行
著者　くまだ乙夜
イラスト　krage
発行者　永田勝治
発行所　株式会社オーバーラップ
〒141-0031
東京都品川区西五反田 8-1-5
校正・DTP　株式会社鷗来堂
印刷・製本　大日本印刷株式会社

ISBN　978-4-8240-0245-7 C0093

【オーバーラップ　カスタマーサポート】
電　話　03-6219-0850
受付時間　10時～18時（土日祝日をのぞく）

元宮廷錬金術師の私、辺境でのんびり領地開拓はじめます！

～婚約破棄に追放までセットでしてくれるんですか？～

日之影ソラ

ill. 匈歌ハトリ

稀代の錬金術で領地のお悩み解決！

無自覚チートな錬金術師の

幸せいっぱい辺境ライフ!!

史上最年少の宮廷錬金術師・アメリア。しかしあるとき、理不尽に婚約と追放を突き付けられる。そこでアメリアは、偶然再会した幼馴染のトーマが治める辺境領地へ赴くことに！　しかしそこは、異常気象や不作などたくさんの問題を抱えていて!?

OVERLAP NOVELS f

聖女であるフィリアは「完璧すぎて可愛げがない」と
第二王子・ユリウスに婚約破棄されてしまう。
さらには、お金と資源を対価に隣国へ新しい聖女として差し出されることに。
悲惨な扱いも覚悟していたフィリアだったが、そこでは予想外に歓迎されて――!?